高洪波 著

陀螺

课本里的大作家

北京理工大学出版社
BEIJING INSTITUTE OF TECHNOLOGY PRESS

目　录

陀螺……………………………………1

戏说作文…………………………7

竹蜻蜓……………………………13

冰糖葫芦…………………………19

算盘珠子…………………………25

班主任的故事…………………31

爱听口哨的表…………………39

有魔力的小铲子………………47

弹弓王……………………………57

鱼灯………………………………79

寻找鸟石的秘密………………95

白精灵……………………………123

我的乡村回忆…………………143

陀螺

　　我的冰嘎儿，一只丑小鸭生出的丑鸭蛋，一方被木工随便旋出的小木头块儿，就这样以它的旋转，在童年的一个冬日里，赠予了我极大的欢乐和由衷的自豪。

在我的故乡，陀螺不叫陀螺，叫做"冰嘎儿"。这一俗名的来历，早已无从考究，顾名思义，"冰嘎儿"——冰上的小家伙。较之斯斯文文的陀螺来说，我觉得"冰嘎儿"自有它的贴切与亲切处。

冰嘎儿的抽打，季节当然在冬季的冰天雪地里，最好的场所是在冰面上。此外，上乘的冰嘎儿要在尖部嵌一颗滚珠，转起来便能增加许多妩媚；顶不济的，也要钉上一枚铁钉，否则转不了几圈，就会头秃齿豁，不堪造就了。冰嘎儿的前身，当然是木头：柳木、榆木、松木、枣木、梨木，几乎均可制作。无论嵌以滚珠，还是钉以铁钉，均不会裂开，能毫无怨言地听从你的鞭打，管自在冰面旋转舞蹈，憨态可掬。

抽冰嘎儿的小伙伴们，都爱比个高低上下，彼此各站一角，奋力抽转自己的冰嘎儿，然后让它们互相朝对方撞去。这时你看吧，两只旋转的陀螺带着搏斗的勇猛，旋风般撞向对手，刚一接触，便被物理作用所左右，各自闪向一边，于是重整旗鼓再战——直到一方被撞翻方可告一段落，这赛陀螺的战事，每每以体重个大的一方取胜告终。因此，小陀螺的持有者只能在自家院子里玩儿，从不拿到马路上去挑衅的。况且小陀螺更有个难听的绰号——角锥,盖讥其小且细也。抽打角锥者,大多是拖鼻涕的"开裆裤党人",他们的兴趣,在于鞭子本身,陀螺的质量倒往往不予注意。

我是从"角锥阶层"成长起来的,可是从小就不甘人后,更不愿自己的陀螺像金兵见到岳家军,一战即败。于是四处寻找木头,为削制得心应手的冰嘎儿,就差没把椅子腿拿来"废物利用"了。为此不知挨了多少责骂,可仍然热衷此道。然而一个孩子无论如何也削不出高质量的陀螺的,因此,曾有很长一段时间我的世界堆满乌云,快乐像过冬的燕子般,飞到一个谁也看不到的地方去了。

这种懊恼终于引起了长辈的注意。我的叔叔,一位颇有童心的年轻民警,答应在我的生日时送我一只陀螺。这消息曾使我一整天处于神情恍惚的状态,老想象着那只陀螺的英俊挺拔的风姿。

叔叔的礼物不错。

这只陀螺不是人工削制的,而是一位木工在旋床上旋出来的,圆且光滑,从质感到形象都如同一枚鸭蛋。虽然它远不如我幻想中的那么漂亮,但我极其高兴地接受了叔叔的礼物。尤其当我看到这枚"鸭蛋"的下端已嵌上一粒大滚珠时,更是手舞足蹈,恨不得马上就在马路上一显身手!

我的陀螺刚一露面,就招来了一顿嘲笑。的确,在各种各样的陀螺面前,它长得不伦不类,该平的地方不平,该尖的部位不尖,平庸、圆滑、一团和气,根本没有一丝一毫与同伴相斗的锐气。这模样,使我的士气也大受挫折,管自在一旁抽打,不再向任何一方挑战。

3

然而世间许多事都是不可预料的，我追求的"和平"仅只是个人的愿望，小伙伴们则不甘于寂寞，他们中的一位大陀螺的主人，开始向我傲慢地挑衅。大陀螺摇头晃脑，挺着肚皮一次次冲过来，我的"鸭蛋"则不动声色地闪躲。一次次冲击，一次次闪躲，终于到了无法避开的地步，它们狠狠地撞上了！

　　奇怪的是，我的陀螺个头虽然小，却顽强得出奇，明明被撞翻在一边，一扭身又能照样旋转——显然是物理作用的效应。加之它圆头圆脑，好像上下左右均能找到支撑点来进行旋转似的。结果呢，大陀螺在这种立于不败之地的对手面前，人仰马翻，十分耻辱地溃败了。

　　这真是个辉煌的时刻，我尝到了胜利的滋味、也品到了幸运的甜头。无意中获得的"荣誉"，虽然小如微尘，对于好胜的孩子来说，也足以陶醉许久了——直到现在我还能津津乐道地写下这些文字，便是一种有力的证明吧！

　　我的冰嘎儿，一只丑小鸭生出的丑鸭蛋，一方被木工随便旋出的小木头块儿，就这样以它的旋转，在童年的一个冬日里，赠予了我极大的欢乐和由衷的自豪。

　　这真应了一句古话：人不可貌相，海水不可斗量！

戏说作文

作文一定要有兴致、兴趣，最好还加一个兴奋。喜欢作文，才能写好作文，这是大前提。否则，一切都无从谈起。

　　此文与"戏说乾隆"无关，我觉得活到四十大几再谈"童年作文"，有些不好意思，故以"戏说作文"名之，以证明我在童年时代不是做文章的高手。

　　童年作文，最初感到的是兴奋——大概与家庭环境的熏染有关。我的母亲喜读小说，存有文学书籍若干；我的叔叔曾做过"作家梦"，他的期刊、书籍更丰富。母亲与叔叔的书成为我胡乱阅读的目标，小小年纪就敢抱一本大书啃，认不得的字跳过去，能猜出大致的意思就成。这种无意识的阅读训练，或许是我对作文偏爱的最初动因。

　　已经记不得平生写下的第一篇作文题目，只知道有一批时代感极强的作文：《一件好事》《我的爸爸》《向刘文学学习》《龙梅和玉荣的启发》《春天》《雷锋叔叔，您好》，等等，好像作为一名小学生，都尝试着写过，而且得的分还不低。

　　记得老师传授过许多做文章的技法，印象最深的是"开门见山"法。这种写法要求简洁明快，意到笔到，劈面就点题，然后再逐个论述、发挥、描写。老师当时还举了一些"开门见山"的范文，现在已不太记得了。我之所以记牢这一技法，盖因为所住的科尔沁大草原一马平川，从小到大，我从没见过山。没见过的东西自然感到新鲜，"开门见山"如此生动和形象，怎么不让人铭刻在心？！一推开屋门，满眼是高耸入云的大山，妙不可言的境界。

那一段时间写作文，我认定唯有"开门见山"才是文章之最佳途径，于是一股劲儿地直截了当。写《我的爸爸》，开头自然是我的爸爸如何如何；写《一件好事》，也只好从我做过的一件事写起；写《雷锋叔叔，您好》，第一句自然脱不开"雷锋叔叔，您好"。老师实在看不下去了，终于有一天找到我，问为什么老是一成不变地从题目写起，我得意地告诉老师，说这是照您的意思而"开门见山"的。老师摇头、皱眉，简直把我当成不可雕的朽木。好一会儿才轻声说："写作文最怕的是千篇一律。"好，我又记下了"千篇一律"的至理名言，感到凡事不能太认死理，否则只好挨批评。

可是那"开门见山"的印象实在深刻，一直或深或浅地影响我直到今天。

文章千古事，得失寸心知。童年时代作文，不把它当太认真的事，只博得老师的认可就极快活。忽一日老师讲授"象声词"，列举一大串活蹦乱跳有声有响的词汇。老师那堂课讲得很活，他破例让同学们用自己的想象，在黑板上写出自己所知道的全部象声词。每个人都各尽所能，能写的写，不能写的就发出声音，然后由老师破译出来。那一堂课好快乐，猫叫、狗叫、鸡叫、牛叫，换一个写法则是猫叫、犬吠、鸡啼、牛吼，热闹异常——象声词，语文课本中的发明。

我领悟极快，在一次作文比赛中老师以"春游"为题，让每

人写出春游的体会。我既然不再"开门见山",何不以象声词开头？于是兴冲冲写下"咚咚锵，咚咚锵，春游的队伍敲着队鼓，走出了城"。结果这篇作文深受老师赞赏，在全校作文比赛中，我居然获了一等奖——奖品是一本作文本。物质上不丰厚，精神鼓励极大，我觉得写作文实在是一件快事，听凭你的笔写出你的眼看到的一切，写出你的心想到的一切，这一笔一画中，有魔术般的文字组合效应，甚至写完之后你都会自我惊奇，不太相信是自己的作文！

也有狼狈的时候。记得一次暑假作文，老师让写《一件好事》，我实在没做什么值得一写的好事，没办法，只好瞎编在百货商店捡钱包，然后交给丢钱包的农民伯伯。因为故乡小城不甚富庶，更没有人口密集到拥挤得丢失钱包而浑然不觉的程度，这本身就失去生活最大的真实，农民其实不带钱包，没那么多钱可包！这不成心拿自己开玩笑吗？！

从此记下了一个朴素的道理：没经历过的事别去瞎写，写了准闹笑话，这是其一；其二则是编故事要圆，要让人信服。

童年作文，趣闻颇多，为篇幅计，戏说一二，无非是想告诉少年朋友，作文一定要有兴致、兴趣，最好还加一个兴奋。喜欢作文，才能写好作文，这是大前提。否则，一切都无从谈起。

竹蜻蜓

　　拥有一只自己制作的玩具，哪怕是顶原始、顶不起眼的竹蜻蜓，你也会感受到莫名的喜悦。试一试，你准能成功。

据说玩具不仅仅属于孩子。这个"据说"出自两年前《参考消息》上一篇文章,作者介绍美国纽约玩具业的情况,专门撰文称赞一家名叫许瓦滋的百年玩具店。就是这家百年老店的迎顾客处,赫然写有一条大字标语:"欢迎九十岁以下的孩子们"。

我今年三十七岁,离九十岁差不多还有三分之二的旅途。因此我觉得自己还有资格来谈谈玩具。

现在的玩具真贵!这是我想说的第一感觉。当然贵有贵的理由:变形金刚汽车人是进口货,外汇换来的,几十几百元一个你爱买不买;电动狗、救火车、发光电子冲锋枪沾了电子的光,十几元几十元一个你不买也得买。此外还有小火车、过山车、磁力车这车那车,美观、时髦、昂贵,可就是不结实。

我知道玩具能启迪智慧,玩具代表一个国家的轻工业水平,玩具是孩子的良师益友,玩具能给它的小主人创造一个幻想奇丽的童话王国。玩具的魅力可能不仅仅是这些,对我来说,还意味着记忆,象征着自信,不过我指的不是上面那些缠着爸爸或妈妈强行购买的玩具,而是自己制造的玩具。这些玩具当然粗糙简陋,比如竹蜻蜓,但给予你的快乐一点也不逊于变形金刚。

竹蜻蜓很简单,一根小小的木棍儿,一条薄薄的木片。工具是一把小刀，锋利与不锋利都无所谓，关键是有刀尖。

刀尖用来在小木片上钻洞，小木片要削成匀净的螺旋桨形。也就是说事先要用尺子画线，在中间留下钻洞的点。随后你要小心翼翼地切削木片，先斜着向左削，削出斜且平滑的一面；再斜着往右削，几刀过后木片就呈现出一种扭曲的螺旋状，安上木棍，竹蜻蜓就活了。

记得制成竹蜻蜓的时间是一个星期天的早晨，我捧着它走出家门，像捧着一件伟大的工艺品。我在屋后的空地上，迎着红灿灿、笑眯眯的北方原野上的大太阳，使劲儿一搓小木棍，竹蜻蜓便奇迹般地飞了起来。它一下子飞得很高，高过了屋脊，超过了树梢，仿佛被神奇的手向天空上拽去。仰头望着我的竹蜻蜓的英姿，我感到一阵涌自心底的狂喜。

竹蜻蜓的生命出自我，一个三年级小学生之手，还有什么事情比它更让人激动呢！我想欢叫，想让所有的小朋友们知道我的成功；我更想不动声色，保持一个发明家的风度；我东想西想，可惜星期天的清晨，人们都在高卧，没有一个人来分享我的快乐。

小鸟和燕子们倒直为我捧场，竹蜻蜓使它们惊奇不止，这旋转的家伙似乎带几分野气和固执。于是鸟儿们叽叽喳喳聚在电线杆上，讨论起一个小男孩和他的不明飞行物。

我的兴奋保持的时间很短，因为竹蜻蜓飞行了三次之后，小木棍便松了。到第四次时，我使劲一搓，竹蜻蜓悠悠地飞上高天，很快甩下了一条尾巴，斜斜落下来；翅膀却仍然向上旋去，同时由于甩掉了唯一的负担——木片儿，借一阵清风直上重霄九，很快隐入树梢的绿荫里，竟就此失踪，再不肯落到大地上。

我拾起小木棍，痴立半晌，不知该怎样应付这场意外飞行事故。我试图四处追寻那竹蜻蜓的不安分的木翅，它像服了隐身药一样不肯露面。于是恼恼的，我回到家里，企图再一次制作竹蜻蜓。

不知怎么回事，竹蜻蜓的灵气一去不返了，小刀子鬼使神差，往我的指头上戳了一下，血便不客气地冒出来。见到殷红的血，爸爸妈妈像看到警报一样过来救援，手指自然是包扎得很出色，血也停止了流淌。然而竹蜻蜓，梦中的竹蜻蜓，也就此辞我而去。

小时候我自以为很聪明，这根据是那只高飞远遁的竹蜻蜓；小时候我也极笨拙，这理由也是那只不辞而别的竹蜻蜓。

竹蜻蜓很容易制作，假如你不怕刀子戳破手指的话。但要记住我的教训，插小木棍的孔不能太松，用胶粘一下最棒。

拥有一只自己制作的玩具，哪怕是顶原始、顶不起眼的竹蜻蜓，你也会感受到莫名的喜悦。试一试，你准能成功。

冰糖葫芦

　　他是把三根冰糖葫芦作为对友谊的酬答，尽管这酬答极其轻微，但对于一个孩子来说，却是弥足珍贵的。

    中国的确太大了！不说别的，仅这吃物，就分出了五彩缤纷的南北大菜，让你听声品味，看谱流涎，难怪国外时不时掀起一股中国菜的热潮。

    冰糖葫芦不是菜，只是一种北方冬日里常见的小零食。每当寒风骤起肆虐于街头时，它便鲜亮亮地出现了。寻常见到的，是插在金黄的麦秸上，像给冬姑娘头上插了一串艳红的珠花，那么惹人和显眼。然后，卖冰糖葫芦的人甩出一声脆而甜的高腔，让这声响悠悠地钻入到你的耳内，撩拨着你的馋虫，于是，转眼间手上便擎住了一串亮晶晶的红珠。吃着冰糖葫芦，不仅让你感到酸甜爽口，冰凉沁心，好像总多着一些"解馋"之外的东西。我想，很可能的是因为冰糖葫芦是北方的小吃，是冬天里调剂生活、增添色彩的食物，故而吃起它来，总让人感到快慰，至少，不同年龄的人都能分享到共同的快乐。孩子能吃出顽皮和天真；姑娘能吃出妩媚和娇嗔；鲁莽的小伙子，能吃出自己的豪放和爽快；迟暮的老年人，通过品尝冰糖葫芦，让自己的行动证实着老当益壮、童心未减。尤其在冰场上，看到那些飞驰的人影、滑动的精灵举着一根冰糖葫芦在奔驰时，你怎么能不跃跃欲试，想冲到冰上去一显身手——冰糖葫芦属于冰，属于冬天，属于北方，这是当然的。

北京的冰糖葫芦品种颇多，以原料区分就有海棠果、黑枣、山药、荸荠和山楂诸种。其中最为普通、最受欢迎的当属山楂蘸的冰糖葫芦，这好像是冰糖葫芦的正宗，真正的欣赏者和爱好者，都对其他品种不屑一顾。也许是色彩的艳丽，也许是味道的可口，也许什么也不是，就因为山楂和冰糖葫芦有缘分，人们才爱吃。总之，我观察过卖冰糖葫芦的，十有八九卖的是山楂冰糖葫芦。你说怪不怪？

我是冰糖葫芦的一名坚定的吃客。打小就爱吃，除开在云南生活过的十年，没尝到这冬天的馈赠外，几乎在记忆里是年年不漏。因为，我每逢吃起这种小吃，就被引出一段童年生活中有趣的记忆，冰糖葫芦的酸甜混杂着淡淡的辛酸，每每让人思念遥远的故乡、美好的童年，以及弥足珍贵的友谊……

记得在一年冬天，我们放了寒假，照例是找同学们一起消磨时光。消磨时光的办法很多，可以坐在火炕上听老奶奶讲故事，不知不觉地沉浸到富有民族传统的历史演义中；也可以三五成群，围一张小桌打扑克、下军棋。天气好时，在雪地上滚雪球、打雪仗、堆雪人；或是扫出一块平坦的地面，聚在一起打弹子，这时哪怕手冻得发僵，肿得像个小馒头，也在所不惜——冬天自有冬天的乐趣！

我的一位好朋友却不在家，这位同学由于家境贫寒，兄弟姐妹一大群，许多担子便落在了他这位长子肩上。而他做什么去了呢？原来到街上卖冰糖葫芦去了。

这委实使我扫兴，而且更扫兴的是他的行为——卖冰糖葫芦。

这哪像一个新中国的小学生从事的工作呀！我决心找到他，把他拉回到暖和的房子里，共同讨论孙悟空败于杨二郎的原因。

他果然在街头，一根绑扎着麦秸的木棍上，插着几十串冰糖葫芦，这木棍斜支在新华书店的橱窗前，被冬日的太阳一照，闪出红亮的色泽。我的好朋友仿佛漫不经心地站着，既不吆喝，也不走动，倒时不时欣赏着橱窗里的摆设。见到我时，他咧嘴笑了，这笑不知是欢迎还是自我解嘲。可我看到寒风中站立的这位同学，适才的想法不仅被吹跑了一半，竟自有些愧怍起来。是的，卖冰糖葫芦有什么不好！自食其力，自谋学费，这倒往往是家境富裕的同学无法达到的境界。

于是，我这本来想干涉的人，倒变成了他的同伙。站在这位同学的旁边，油然生出一种自豪感，扯开嗓子替他大声吆喝起来："冰糖葫芦！又脆又甜！咬一口甜掉牙咧……"

然而，生意很冷清，天冷，出门人少。摆了一上午的架势，满打满算才卖出去四根冰糖葫芦，显然离销售一空的目标还很遥远。突然，我看到弟弟和一伙儿小朋友来了，这倒是一群合适的顾客。我叫住他们，请吃冰糖葫芦："哥哥请客。"这下子打开了销路，麦秸上的"货"猛然减少，而且弟弟他们的快乐，感染了行人，许多本来不想吃的，也动了馋虫，不由得也凑过来买上一根。于是，转眼间只剩下了三根冰糖葫芦插在麦秸上，像三个快乐的惊叹号！

我把弟弟和小朋友们吃的冰糖葫芦钱交给这位同学时，他收下了；我把最后三支的钱交给他时，他却不收，并且有些嗔怒了，

这倒使我惶惑起来。是啊，生活中的事就是这样，在一根冰糖葫芦上，不也可以体现出友谊和情感吗？他是把三根冰糖葫芦作为对友谊的酬答，尽管这酬答极其轻微，但对于一个孩子来说，却是弥足珍贵的。

从此，我和冰糖葫芦结下了不解之缘。

算盘珠子

　　也不知哪一位同学偶然发现用算盘珠子能吹奏出一种俏皮的音乐：只要用一张薄纸裹起一粒算盘珠子，然后把嘴唇凑在珠孔上，再用鼻音随意哼一个歌子，算盘珠子就能同纸发生奇妙的共振，产生一种呜呜咽咽曲曲幽幽的音乐效果，令人一听就如醉如痴。

童年时期我最感到头痛的功课是珠算。

珠算的口诀太多太难，几乎没有诀窍。它能使一个男孩子的自尊化成一朵蒲公英，随风飘向无尽的远方。

因此每逢珠算考试，我总是先用笔列出式子，得出答数，然后再往这得数上凑口诀，有点像情报人员对密码，同时总抱有一丝幻想：口诀正确与否不重要，反正我的答案对。

可老师不这么想，于是我的珠算便永远地不及格。珠算课虽然可怕，但算盘却极好玩。这是一种奇怪的小学生式的悖论。

记得我当时有两个算盘，一个是大算盘，有圆且亮的黑珠子，拨起来清清爽爽，发出一种极傲慢的声音。另一个是小算盘，比语文课本还小，珠子是菱形的，泛着象牙白，总是怯怯的，像个小可怜。

大算盘的好处很多，首先是可以在地面滚动，充当汽车，只要翻过来就可以办到这一点，在算盘上放几本书，画定起跑线，几个朋友便能极惬意地举行飞车大赛，速度的快慢视动力的大小而定，用劲推的，往往能拔头筹。

我的大算盘为我服役的期限很短，不到半学期就散了架。算盘珠子们像没娘的孩子，七零八落地散在地上。可是，我的珠算课并不因算盘的损坏而削减，于是又有了白色的小算盘。

小算盘很斯文，不再和我们厮混，但同时也使我更加厌倦珠算课。每当拿起小算盘，我便怀念起我那"以身殉职"的大算盘。

也不知哪一位同学偶然发现用算盘珠子能吹奏出一种俏皮的音乐：只要用一张薄纸裹起一粒算盘珠子，然后把嘴唇凑在珠孔上，再用鼻音随意哼一个歌子，算盘珠子就能同纸发生奇妙的共振，产生一种呜呜咽咽曲曲幽幽的音乐效果，令人一听就如醉如痴。

这一发明似乎没有人申请专利，却以极快的速度在男孩子们中间推广，于是每人口袋里都装起了一粒大且黑的算盘珠，不用说，几乎全出自我的供应，而且每个人突然成了狂热的爱国音乐

家，一到下课时，满教室都弥漫起"起来，不愿做奴隶的人们"那雄壮的旋律。

敢情我们的音乐课正巧是学唱《国歌》。

班主任老师很幽默，也很善于疏导同学们中间的爱国主义激情，他提议全班搞一次"红五月"音乐会，并建议我们小组的几个男孩子出节目，节目很简单:用算盘珠子做的"口琴"演奏《国歌》。

这样一来，调动了我和伙伴们的极大热情，我们把所有的业余时间都用在练习吹奏上，甚至忘记了一个男子汉应该做的一切，比如掏鸟窝、摸鱼、斗鸡以及打弹子等正常娱乐。

都怪一粒算盘珠子把我们引入了"歧途"。

从此之后我对《国歌》熟悉到无以复加的程度，我相信自己已通过演奏和聂耳融为一体了。

我为聂耳特地保留了一粒算盘珠子，一粒黑黑的、亮亮的，又大又圆的特殊乐器。

不知道现在的小学生们还开不开珠算课。我只知道计算器已成为许多小朋友的玩具，加减乘除随心所欲，像魔术师一样变出准确的答案。和它们一比，算盘珠子更有滋味了。

班主任的故事

　　张老师很严厉，严厉到使我至今难以回忆起他的笑脸；但他无疑是会笑的，可很少当着我们的面。

若干年前我脱下军装从云南军营回到北京，在家等待分配工作，大约"待业"两个月。这期间我曾认真思考过自己的职业选择，认为最令人着迷的是到图书馆当一名管理员，守着无边的书海去尽情浏览，简直是神仙过的日子；第二种迷人的职业就是当一名中学的班主任老师，领着一群毛孩子春游秋游游个没完没了，然后，送他们上大学成为国家的栋梁之材，然后我就须发苍然地老去。

促使我产生第一个志愿的原因是精神饥渴。萌发第二志愿的原因要复杂一些，这里面有性格因素，因为我一直很喜欢孩子；还有马卡连柯《教育诗》的影响，他的成功使我入迷；另外，可能就是我少年时的班主任所留下的美好印象了。

我的班主任叫张和，一个矮个子的男子汉。矮个子和男子汉能和谐地统一在张老师的身上，不能不说是他的气质使然。

张老师很严厉，严厉到使我至今难以回忆起他的笑脸；但他无疑是会笑的，可很少当着我们的面。他是个多才多艺的人，能拉一手很不错的手风琴，且有一副嘹亮的男中音嗓音，当他拉琴唱歌时，就是我们这群顽童的快乐节日。

此外，张老师爱好乒乓球，技术在全校第一；打篮球时灵活机敏，身手矫健得像猞猁：这几项特长，足以让每一个男孩子敬佩不已。

张老师还会喊操，凡全校集合或列队游行，以及课间做广播体操，一律由他统领。每逢这时张老师都充分发挥他男中音的长处，下达的口令清脆有力，富有节奏感和暗示性。当他的喉结一跳一跳喊出令我们心悦诚服的口令时，他的个子陡然变得魁梧高大，让人望而生畏。

长大后我读《拿破仑传》，才知道矮个子的威风方是真正的威风！因为拿破仑有一则出名的轶事：他向一位元帅下命令，元帅比他高出一头，可拿破仑并不在乎，说如果你不执行命令，我马上缩短咱们俩身材上的距离！他拿手掌比画着元帅的脖梗子。

每读到此处，我都会下意识地联想到我的班主任老师，于是

偷偷一乐，只敢偷偷一乐。

其实追忆起来，张老师很少朝我们发脾气，可是我们从内心里惧他三分。如果再细琢磨，可能这种心理积淀源于他对功课抓得紧！

张老师给我们当班主任，是在小学五年级以后，也就是小学高年级。他既教语文又教算术，有时连体育也捎带上，说来真够辛苦的。张老师教语文，重点是作文练习，其次是中心思想、段落大意的提炼、分析。这两点使我以后受益匪浅。作文练习锻炼了文字技巧和观察事物的能力，后者使我在当评论编辑时悟到概括的重要，这些都是后话。在当时却一度烦得不行，能应付时必应付，为此没少被张老师批评。

批评归批评，张老师却一直表扬我的作文。有一次春游归来，命题作文，然后全校比赛，我的作文居然获了第一名，得到了一册作文本的奖品——这是我平生得到的第一次奖励，故不可不记。我相信班主任张老师是为我做了大量工作的，因为他指定一位最有风度、最会朗诵的女同学代我朗诵，使我的作文大为生色，否则，让我自己去读，很可能大败而归。

那次春游只在城郊的一处树林里吃了一顿野餐，在我的故乡科尔沁草原，这实在是再平常不过的一次活动。可是由于张老师让我们写出作文，春游便显得意趣横生，审美成为极重要的程序。我觉得张老师很懂教育心理学。

张老师的确常常拿心理学"镇"我们。每逢班里出了什么事故，比如抄作业之类，他总是板着面孔背着手，先在屋里走一圈，

然后扫视一下大家，说道："我是专门研究过心理学的，你们谁抄作业我全知道，不过我相信这些同学的自觉性，下课后来我办公室一趟。"

这一招极灵，下课后准有人乖乖地去向张老师认错。我不知道有谁能有勇气对抗他的"心理学"，反正我当时很怵，觉得既然老师这么高明，咱们顶好还是别闹腾。于是这么一来，我成了张老师的得意弟子，语文课总是考在前三名。

算术课似乎枯燥些，张老师对算术课的诀窍是考试。他考得很勤，五天一小考，十天一大考，半个月一次摸底考。考试一般用上半天，三节课的时间，可是如果你基础好、答题快，一般可以抢出一节课的时间到操场游戏。我掌握了老师的窍门，每次都

争取第一个交卷，然后兴冲冲地去玩。为此，张老师不止一次批评我"粗枝大叶"，但我总改不了，甚至这毛病延续到今日，回忆起来，真不知是该感谢他还是责怪他。

我的算术至今平平，好在有了电子计算器，一般账目也能应付。但每逢轮到我家交房租、水电费时，我还是感到小学时算术课上得太毛躁了一点，因为常常出现缺三毛短五分的技术性错误，即便拿着计算器。这是"童子功"没打好，怪谁呢？

张老师教我们这个小学毕业班，几乎全班同学都考取了中学。刚上中学，我就随父母亲调到了贵州；然后是一连串地迁徙，由于转学频繁，班主任也走马灯地换，细想起来，最亲密的竟只有我的张和老师。

他的严厉面具下的温厚，他的对孩子们由衷的关心，他的多才多艺，以及他默默无言的教诲、殷切的期望，这一切都留在我的记忆中，等闲不肯褪去。

尽管我终于没能当上班主任，但我选择了儿童文学作为自己创作的园地，并努力在这块土地上种上几株有特色的花卉，献给我热爱的孩子们。我认为这里面有着班主任张老师的智慧的播种、心血的结晶，所以，我写下这篇短文，献给所有献身于教育事业的园丁们。

真的，当我们须发苍然时，有什么礼物比得上孩子们真诚的追忆更珍贵呢？

我想是没有的。

爱听口哨的表

不一会儿，他的口哨声又悠悠响起，口哨声里还夹杂着明明的童声独唱，小表自然忍不住凑热闹，鸟叫声从空无一人的卧室里传出来。

明明的爸爸爱吹口哨，爱吹口哨的人往往快活。你想想，如果一个人老是让一支小曲沾在嘴唇上，他一定没工夫去大声训人，尤其是训小孩。

　　因此，明明喜欢爸爸，更喜欢他的口哨。爸爸的口哨吹得很响亮。当他撮起嘴唇时，两眼亮晶晶的，放出轻松的光彩，然后头一点一点，有节奏地吹起了口哨。爸爸常吹的曲子是《水兵回到海岸上》，据爸爸说这是他当兵时顶喜欢的一支歌，而且这支歌里原本就配得有口哨伴奏，爸爸就是从这俏皮的口哨伴奏中掌握到口哨技巧的。更主要的是，爸爸一旦吹起《水兵回到海岸上》的旋律，他马上变得年轻，于是，明明就再不好意思叫他"老爸爸"了。

　　其实爸爸并不老，明明九岁，属小猴子；爸爸比明明大三十岁，两个数加在一起，就是爸爸的年龄。你明白爸爸有多大了吧？当然，跟明明相比，爸爸也确实老了一些。要不然，来做客的陈叔叔怎么口口声声叫爸爸"老汪"呢！

　　陈叔叔刚从德国回来，他是爸爸的下级，也是够格儿的翻译。陈叔叔来做客，照例要为明明带点小礼物，他总是悄悄地把明明领到小屋，挺神秘地送给他小礼物，有时是一块巧克力，有时是

一把小手枪，有一次还送给明明一个"变形金刚"，因此明明欢迎陈叔叔的来临，比爸爸还要热情。

这回陈叔叔送给明明的礼物，是一只小手表。小表上拴着一个环，能挂钥匙。小表是墨绿色的，很轻很轻，上面有着显示时间的数字盘，一闪一闪，神奇又好玩。

陈叔叔拍着明明的小脑袋，说道："明明，你脖子挂的钥匙不是常常找不到吗？和这只小表拴在一起，你的钥匙就再不会捉迷藏啦！"

"为什么呢？"明明不明白。

"因为，因为它爱听口哨。"陈叔叔神秘地说，"不过，别让你爸爸知道。"他又补充了一句。

明明收起这奇怪的小表，觉得陈叔叔真逗，小表爱听口哨，这可是个大新闻，他决定让爸爸大吃一惊。

第二天是个星期天，妈妈照例第一个起床热牛奶，然后她怒冲冲地命令爸爸起来，让他给他赖被窝的儿子做一个榜样。爸爸和明明交换了一个眼色，他们继续蒙头大睡。当妈妈的怒火燃烧到顶点时，爸爸突然喊了一声："紧急集合！"于是父子俩一跃而起，极麻利地穿好衣服，妈妈"扑哧"一乐，爸爸马上得意地吹起了口哨。这时，奇迹发生了：当爸爸的口哨刚刚吹响，一支陌生的乐曲像鸟一样随之响起，丁零零，脆生生的，比明明家里的电子音乐门铃还要好听。

爸爸疑惑地看看明明，又看看妈妈；妈妈则把脸转向窗外，她以为阳台上落下了一只小鸟；明明心里明白是怎么回事，脸上却装出一副茫然无知的样子。他弯下腰，强忍住笑，假装向床下寻找蟋蟀，免得让爸爸看出破绽。

一切很正常。爸爸和妈妈认定是自己的幻觉。妈妈出去干她那永远也干不完的家务事了。爸爸又吹起了《水兵回到海岸上》。当陌生的乐曲再次随口哨响起时，爸爸毫不怀疑自己的听觉了。他吹着口哨，像一个老练的侦察兵一样寻找声源，很快地，明明的小表被爸爸从枕下搜出，这让明明有几分扫兴！

爸爸拿起墨绿色的小表左看右看，不明白为什么它会响应口哨的呼唤。明明看出了爸爸的迷惑，就告诉他道："爸爸，您知道什么叫'声控'吗？"

"'声控'？"爸爸恍然大悟，"是陈叔叔从德国捎给你的礼

物吧？这个捣蛋鬼。"爸爸不知是高兴还是遗憾,嘟囔了这么一句。他还想继续吹他的口哨,嘴唇刚一撮起,又好像想起了什么,只是轻轻嘘出一口气,便再没有声音了。

看见爸爸的样子,明明不知为什么有些不快活,他向爸爸说道:"我的钥匙爱丢失,和小表拴在一处,只要爸爸一吹口哨,它们就会唱着歌答应,多棒!"听到儿子这话,爸爸也乐了,他抱起了儿子,冲着他的小脑门儿吹了一声长长的口哨。小表马上轻声应和,屋里顿时响起一只小鸟的啁啾,屋外的阳光,好奇地踱进来,仿佛也要参加这场"声控游戏"似的。

"声控的道理不复杂,就像电子门铃要用手去按一样,这只小表的开关由声音控制。声音一达到较高的频率,里面的晶体管

会充电,集成电路就会发出预定的乐曲,明白吗？"爸爸拿着小表,向儿子慢条斯理地解释。

明明似懂非懂,但他知道什么是"开关",也知道"晶体管",再深奥的道理就难说了,可是小表的确好玩。知道这一点比什么都重要。

"你们还吃不吃饭哪！"妈妈再一次愤怒起来,她的声音盖过了哨声和鸟叫。奇怪的是小表竟也听从妈妈的召唤响个不停。"也许妈妈的声音一大,表里的小鸟也害怕吧。"明明想。

爸爸赶快拉着明明奔出卧室。不一会儿,他的口哨声又悠悠响起,口哨声里还夹杂着明明的童声独唱,小表自然忍不住凑热闹,鸟叫声从空无一人的卧室里传出来。

妈妈冲向卧室,这一回,应轮到她大吃一惊了！爸爸和明明津津有味地喝着热牛奶,幸灾乐祸地笑着……

至于这只爱听口哨的小表在明明的学校里又制造了什么奇迹,我不说,大伙一定也能猜得出来的。至于陈叔叔叫什么,在哪个单位工作,我可要替他保密,因为他不希望更多的人知道这只小表的秘密。

再说,送礼本身就不好,对吧？哪怕是巧克力,也最好留给自己吃,何况是一只爱听口哨的奇妙的表呢？

有魔力的小铲子

雪，清洁的、冰凉的、轻飘飘又沉甸甸的雪，洗净了一座城市，也洗净了这座城市居民的心灵。

下雪了。

大片大片的雪花，从高且远的天空飞落，像一朵又一朵绒花，互相牵着手，覆盖住了屋顶、街道和广场。

一切都变得毛茸茸、软和和的。小姑娘倩倩伸出手，一朵雪花落在她的小手心，凉沁沁的，倩倩问雪花："你从哪里来？"小雪花告诉她，自己从月亮里面的广寒宫来。"哦，广寒宫，难怪你们一来，天就变得寒冷了！"倩倩恍然大悟地说。

小雪花眨眨眼，很快消失了，倩倩的手心里留下一粒晶莹的水珠，她把手心贴近自己的耳畔，一个细小的声音、小雪花的声音跟她说着"再见"。这声音渐渐远去……

雪越下越大，到了傍晚时分，倩倩发现自己推门时，门外好像有人跟她开玩笑，顶紧门不许她出去。倩倩生气了，使劲推开屋门，门外的雪闪开身，像被圆规画过一样，齐整地形成一个圆。

倩倩试探着用脚踩上半尺厚的积雪，雪层在她脚下"吱吱"叫着，仿佛很欢迎这位漂亮的小姑娘。

好大的雪。雪停了的时候，正巧倩倩出屋找小朋友们玩的念头刚刚萌生，看起来倩倩和白雪有一种默契，不是每个孩子都有这种幸运，倩倩的生日在冬天，所以白雪喜欢倩倩。

可是倩倩很快发现一个问题：家家户户的大门都堆满了半尺深的雪；广场，那可以跳绳、捉迷藏和玩皮筋的快乐场所，被深深地埋在雪毯下；小路，那平时任她跳跳蹦蹦去找小伙伴的小路，消失得无影无踪。大雪掩埋了一切，收藏了一切，也包裹了一切。

整个世界静静的，闪着银白色的冷光，没人出来扫雪，没人把笑声和白雪一道堆成可笑的雪人；甚至爱打雪仗的男孩子，也很奇怪地不见了，好像这一场大雪下得太猛，把人们吓坏了一样！

倩倩回到家，准备自己扫雪。她想做的第一件事是把小路找出来，然后沿着小路去找好朋友毛毛和英英；第二件事是到广场，扫出一块小小的地方，她准备邀请毛毛和英英踢毽子；第三件事呢，暂时保密。当然让倩倩保密很难，她很快就自言自语地说出了最后一个心愿：哎，有一把小铲子该多好，我会堆一个全世界最漂亮的雪娃娃。

小铲子，对，现在就缺一把小铲子！"喂，倩倩，我在这里！"

一个声音，小雪花样的声音从墙角飘出。倩倩走过去，一看就笑了——一把小铲子正伸着木头胳膊，等待她的握手呢。

"我们去铲雪吧。"倩倩兴奋地说。

"我生来就是铲雪的，我已经等了许多许多年，人们早忘了我的存在，感谢你想起了我，我会把这座城市的积雪铲干净的。"小铲子更兴奋，话说得又急又快。

就这样，在暮色里，在银亮的雪地上，一个穿着红外套的小姑娘，拿着一把和她身高差不多的小铲子，走向了雪的世界。

灯，一盏盏地闪亮在这座城市的一幢幢房屋里，大人们隔着窗户向外张望，他们嘟囔着：这是怎么回事？一个小丫头，想铲光一座城市的积雪？嘁，异想天开！大人们的成语就是多！

可是再过一会儿，大人们惊奇得睁圆了眼睛，因为红外套像一束火苗般迅速地融化了小路上的积雪，小路露出了笔直的面目，从连接小路的两幢房屋里，跑出来两个同样穿着红外套的小姑娘，我们不用说就知道她们是谁。

三个小女孩子，轮流挥舞着一把小铲子，现在我们已经知道这不是普通的铲子，而是一把——魔铲。很快铲净了街道上的积雪，汽车、自行车、三轮车仿佛从冻僵状态中复苏过来，向天空纷纷鸣笛、按铃。钟声落在雪原上，反弹得更加清脆；汽车的喇叭声呢，被雪亮的车灯送向很远很远的地方，沉寂的世界沸腾了。

一个留着小胡子的男人走出门，直直地奔向倩倩、毛毛和英英。这男人是一家古董店的老板，有名气的收藏家，他看出了倩倩手中的小铲子不一般，想买下它然后高价拍卖："魔铲，想想看，

说不定是乾隆皇帝御用的呢，否则哪会这么神？"

小胡子微笑着，露出金灿灿的牙齿。他伸出手，向倩倩说："小姑娘，这把小铲子了不起，能卖给我吗？你开个价。"

倩倩一愣，开价？卖小铲子？什么乱七八糟的。她拨浪鼓般摇头。

小胡子沉下脸："不卖，不卖也成，但你得先借我用用，把我家门前的雪铲干净。"他的眼睛锋利，像一把刀，闪着雪地上的光泽。

倩倩打一个寒噤，委屈地递过小铲子，轻声说："叔叔，您先拿去用好了，用完还给我，我们还想用它到广场堆雪人呢！"

小胡子一把夺过小铲子，感到小铲子轻飘飘的，一点也不称手；木柄还粗糙得像玉米芯，握上去毛扎扎的直拉手。他有几分气恼地拎着小铲子回到自己住宅前，刚一铲雪，小铲子像安了弹簧般反跳起来，一铲雪结结实实地拍在小胡子的脸上，他打一个冷战，觉得清醒了许多。看一眼手中不起眼的小铲子，再看看跟在不远处的怯怯的三个小姑娘，感到自己荒诞可笑："怎么就相信起这把破铲子了呢？！"小胡子一扬手，把小铲子远远扔向倩倩，关上门又去蒙头睡大觉了。

倩倩捡起小铲子，小铲子轻声说："我没摔痛，没事，我就讨厌这种自私自利的坏蛋。"

倩倩和毛毛、英英像快乐的麻雀般跑向广场，她们要堆一个全世界最大最美丽的雪人。

小铲子神奇极了，像被一位神话中的巨灵神挥舞着，很快清理出乒乓球桌那样大的一块地方，眨眼间，乒乓球桌变成了大教室，大教室变成了篮球场，篮球场又变成足球场。广场上的积雪，听从小铲子的指挥，排着队一层层堆起来，堆成三个又大又胖又神气的雪人，它们三个手牵手，像三位洁白的巨人，屹立在清清爽爽的广场。

也许是铲雪铲得太认真的缘故，倩倩、毛毛和英英没注意自己的身后，不知不觉竟站满了许许多多的人。人群中有她们的爸爸妈妈，还有调皮的男孩子、慈祥的老爷爷老奶奶、戴花头巾的阿姨、戴大檐帽的交通警察叔叔，这么多的人站成一堵暖烘烘的人墙，当倩倩的小铲子停止铲雪的一刹那，掌声雷鸣般响起。交通警察叔叔走到倩倩面前，严肃地立正、敬礼，说道："小朋友们，感谢你们的扫雪行动使我们的城市这么快就恢复了生机！"

倩倩害羞地低下头，她想大声说出小铲子的秘密，说这是一把神奇的魔铲，多亏它的帮助，才铲净了小路、街道和广场上的

积雪的！可是没等她开口说话，一位老爷爷大声说道："人人自扫门前雪，休管他人瓦上霜。这本来已经是很自私的一句古话，可现在连门前雪也没人愿意扫了，比比孩子们，愧得慌啊！"

人群里响起一阵叹气声，突然天空又暗下来，一朵又一朵绒球样的雪花，再一次光临了，不知谁喊了一声："走吧，扫雪去。"大家齐声应道："对，扫雪去。"

一把小铲子，一下子变成了千百把大大小小、方方圆圆的铲子，每一把小铲子的木柄上，都握着一双热情的手。雪人，也变得越来越胖。它们的身前背后，悄悄地站起了一个又一个雪伙伴，每一个雪人手中，都拿着一把小铲子。

真是一把魔铲。

倩倩更高兴地看到一个雪人，唇边留着一抹黝黑的小胡子，她无声地笑了。

雪，清洁的、冰凉的、轻飘飘又沉甸甸的雪，洗净了一座城市，也洗净了这座城市居民的心灵。

雪，下得更猛了。

瑞雪兆丰年。倩倩还不太懂这句话，但她明白：小铲子永远不会离开自己了。

弹弓王

　　这声音属于天籁，自然也属于童年，属于男孩子之间的友谊和秘密。抡响皂角大甲虫时的瞬间，你觉得这个世界这个天地变得灿烂、美好、快乐，你觉得童年由于有了好伙伴，由于有了皂角虫，由于有了小福子的出神入化的弹弓技艺，特别感到温馨和安心。

一

弹弓，在我看来，绝对是人类伟大的发明之一。它是人类手臂的延伸，也是智能的另类载体，说象征也成。人类的童年期，或者换句话说，一个小孩子，尤其是男孩子，对弹弓的向往和渴盼，在我看来，几乎相当于孙悟空对金箍棒的依凭。

童年时，我曾尝试着制作一把弹弓，弹弓做好的目的是什么呢？打麻雀。麻雀是狡黠的鸟类代表，和燕子一样离我们最近。燕子把家径直建在了我家的屋梁上，这个信任度够大吧！麻雀可没有燕子这样死心眼儿，它们害怕小孩子，尤其是像我这样的男孩儿，所以它们可气，甚至一度列入"四害"被人们围捕追剿。弹弓便应运而生了，弹弓是一种远距离射击武器，对于一个男孩子来讲，一把弹弓会让他的精神状态变得非常亢奋，让他的神情变得像小公鸡一样骄傲，让他在小朋友中间傲视群雄。所以，我小时候特别特别渴望有一把弹弓。

制作弹弓其实很简单，首先要找到一个树杈，"丫"字形的树杈。找到这根树杈之后，你需要找的是两件附件，或者说主要元件，一个是皮筋，一个是兜布。皮筋其实不好找，在我们的童年时期，这属于紧俏物资，妹妹们扎小辫的皮筋也就那么几根，她们很珍惜，拿来做弹弓是不可能的。弹弓用的皮筋需要量太大了，几乎够妹妹们扎一辈子小辫可能都用不完。

向小妹妹们寻找资源的这个打算很快就被否定了，我把目光转向了县人民医院。医院里有什么？听诊器。我的一个同学的妈妈是医生，她经常用听诊器给病人们听各种各样的胸腔的杂音、后背的啰音。听诊器显得很神奇，两根胶管，一个银白色的小圆盒子，它中间的构造是什么我们一点儿都不懂，但是觉得它很神秘，神秘之中同时让我们很向往，我们向往的当然不是听诊技术，而是那两根弹性十足的米黄色的胶管，如果能获得两根胶管拿来做弹弓，那绝对是一流的武器了。还好，我的这个同学的妈妈爸爸都在医院工作，找到废的听诊器对他们来说也不是特别难的事情。同学给了我两根胶管，这两根胶管当时的珍贵程度不亚于一个核武器对一个小国家的重要了，所以我非常高兴，觉得这个同学的确是我童年时期最值得交往的一个伙伴。

我把一把彩色的玻璃弹子送给了他作为回报，玻璃弹子也是男孩子很有价值的一种物资。打弹子的游戏是每一个男孩子冬天

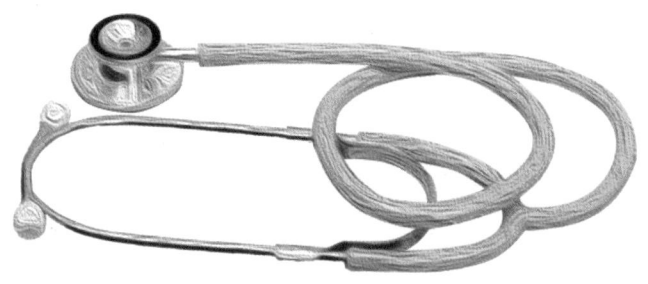

里投入时间最多的一项活动，五颜六色的玻璃弹子在地面清脆地撞击，再伴以大呼小叫的快乐呼喊、跺脚的失望、拍手的自得，形成一幅生动有趣的"北国婴戏图"。预先挖好一个坑，这个坑是要用五分钱的硬币旋出来的坑，比弹子稍微大，大家都摆好了一丈一丈的距离，然后轮流用手指把弹子向坑里弹去。入坑之后你的弹子就具有一种"魔力"，因为进了坑好像完成了某种仪式一样，它马上具有很大的杀伤力，碰到谁的弹子，谁的弹子就立马变成俘虏，成为你的弹子队伍中一粒士兵，主人只能放弃所有权。

这种游戏让很多小城的孩子们如醉如痴，当然我说的全是男孩，女孩一般不参加这种游戏，除非是"假小子"般的女孩儿，不过很罕见，毕竟那时还没有什么"女权主义"。她们向往的是跳绳、跳房子、跳皮筋，这是她们童年时光的陪伴。男孩子呢，打弹子是首选，既然是打弹子便需要一种弹子的资源，彩色的弹子也不是随便就能找到的。我记得当时我家里有一副跳棋，跳棋上有五颜六色的弹子，这副跳棋后来成了我打弹子的主要"武器房"，所以我的弹子一度显得比较丰盛。我把一把弹子作为回礼送给了我这个小伙伴，以至于再下跳棋时以玉米粒替代而毫无怨言，同时我开始认真地制作我的第一件标配"武器"弹弓。

弹弓制起来并不复杂，首先需要用铁丝把胶管紧紧地扎在"丫"形的木杈上，系紧之后再找一块小皮兜，一定要是用皮子做的皮兜，因为你所有的石头子都要依靠这个皮兜往前推动，它相当于一把枪的撞针一样。我找到了一块皮子，然后很认真地又找到针和线，把这块皮兜扎在两个胶管的中间，连接起之后一把弹弓就做成了。等我找到几粒小石子，到门外操场上、草地上去试射的时候，我突然发现我的弹弓弹性十足，射程又远又准。真是我童年最值得骄傲和回忆的一件事！

至于麻雀，其实是非常难以打到的。因为麻雀非常机智，别看它们叽叽喳喳蹦蹦跳跳，它们的小眼睛永远在关注着四周，防范着人们的袭击，尤其是男孩子们的袭击，所以我事实上没有几只真正的猎物。倒是有一次一不小心弹碎了邻居家的一块玻璃，这个祸闯得有点大，于是弹弓被妈妈没收了。弹弓被收缴的那一

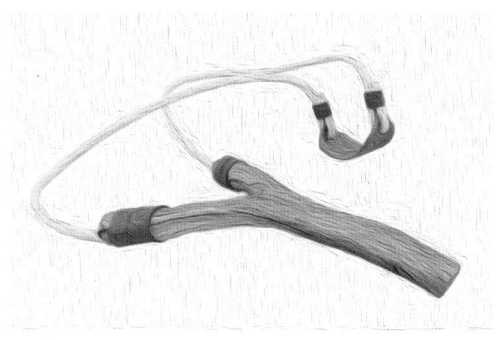

刻我非常沮丧，我觉得天空的颜色好像都黯淡了起来，一个男孩子弹弓被收缴，那相当于孙悟空的金箍棒被法宝收走了，或者说张飞的蛇矛断了尖儿，关羽的青龙偃月刀绷了刃儿，总之是很沮丧很丢脸很无奈，让你记忆鲜明的一件事。

唉，不就是一块玻璃吗，况且我也不是有意的。我这样自己安慰着自己，但是我知道，我童年中亲手制作的这把品质优良的弹弓从此不再属于我，我的弹弓生涯结束了。

二

自从告别了我的弹弓之后，本以为和弹弓再也不会重逢，没想到在几年之后，在比我遥远的故乡更遥远的地方贵州，我遇见了一个朋友和他的弹弓。

贵州对于一个内蒙古草原上的孩子来说，真是无比的遥远。父亲调到贵州工作，我们全家追随。那一年我正好是 13 岁，小学刚刚毕业，初中一年级刚上了三个月，一个大雪的日子里我们全家乘车向南，向南，向南……

贵州，在那个时候是比较贫困的地方，有一句话是这样形容贵州的："天无三日晴，地无三里平，人无三分银。"还有点押韵，也有点挖苦贵州，太过分了！但是在我的眼里，陌生的贵州其实是个非常美丽神奇的地方，物产丰饶，气候适宜。

在贵州居住时间不长，一共两年，两年三搬迁，共住了三个地方，先是毕节，后来是黔西，最后是都匀。就是在黔西，我邂逅了被我称为"弹弓王"的小福子。

贵州非常有意思，尤其是那个地方的县城，县城文化和内蒙古草原的县城文化不尽相同。第一，语言有巨大的差异。毕节、黔西邻近四川，当地人说的汉话是与四川话相近的西南方言；都匀靠近广西，语言近似桂林方言。第二，物产也远比内蒙古丰富，别的不说，柑橘柚子就比比皆是。第三，它的山川地貌也很让人开心。我故乡科尔沁草原一马平川，贵州则山清水秀，透着神奇。我记得就是在黔西，我和弟弟学会了游泳。游泳在我们的儿童时代是非常了不得的一种本领，故乡把这称为"会水"。一个"会水"的人，尤其是会"踩水"的人，几乎相当于《水浒传》里的"浪里白条"张顺吧。

黔西有一条清澈的小河，当时在我看来它根本不是小河，是

一条宽宽的几十米的大江。黔西还有一个正式的游泳池。这两个条件逼你下水学游泳，因为硬件太好了。我们住在县委的一所房子里，依山而建的一栋房子，从房子走下去，经过一个长长的胡同便到了主街。房子背后是一座小山，山上林木很丰盛茂密，因为贵州几乎一年四季都是绿色的，所以我非常喜欢这种景致。

但是我当时没有一个朋友，贵州黔西的孩子们没人把我当朋友，因为在他们看来我的语音很古怪，他们把这种外地口音的孩子一律叫"老广"。每当我上街的时候，后面都跟着一些小孩子喊着我"老广""老广""小老广"，那让我感到很受羞辱。

当地的孩子们欺生，尤其是胡同口一个院子里的孩子们，领头的是一个年纪和我相仿的叫小福子的孩子。小福子的形象，现在回忆起来很像香港影星梁家辉，但当时极其顽皮强悍，一度是我的噩梦，和我有过冲突。我们发生过激烈的男孩子之间的打架，但是打完了之后却成了好朋友，这里边化解我们隔阂和矛盾的就是一把弹弓。

小福子的铁把弹弓，皮筋、制工、射程均属上乘。由于欺生，他曾不止一次向我远射。虽然没对我造成伤害，但是给我很大的心理压力，我恨透了小福子和他的弹弓。漂亮的弹弓对一个男孩子来说，本来就是一种易起祸端的负担，可是更不幸，小福子是娃娃头，嘴巴馋，他被县委大院内的酸杏、青桃所诱惑。结果有一天，我记得是一个中午，人们都在午睡的时候，他进了院子，用他的漂亮弹弓悄悄地射那些桃和杏，结果被年轻的通讯员当场抓获。通讯员比他大不了几岁，对付这些皮孩子他绝对是个"王"，所以街道上的"孩子王"小福子就被另一个"王"制住了，制服的重要证据就是他最心爱的弹弓被没收。被没收之前，这个通讯员也很顽皮，让小福子把弹弓挂在脖子上，在院子里走了一圈，这是一种示众式的惩罚吧。小福子颜面尽失，把一个顽劣少年的骄傲和自尊彻底摧毁。

　　小福子哭着走了，通讯员恰恰看见了我，招招手说："送你一件礼物，我刚缴获的。"我一看正是小福子无数次向我射击的那件"凶器"，漂亮的铁把弹弓。这弹弓与我在家乡制作的那个树杈弹弓，根本不是一个量级的弹弓，无论是制工还是外形都好了很多很多，而且它的皮筋是用很多很多的金黄粗橡皮筋组合而

成，连在一起弹性足、手感好，难怪他在街上那么威风，甚至自称是"黔西弹弓王"。"弹弓王"没了弹弓，王气黯然收是必然的了。

小福子的这把漂亮弹弓在我手里没待多久，我又还给了他，那纯粹是一个异乡孩子对本地孩子的一种友善的表现。我记得在接过了曾经被缴获的一度失去的弹弓之后，小福子的嘴角歪了歪，眼睛里全是感激的神色，和我打架时候的凶狠和顽皮变成了羞涩，他不好意思地低着头，蹭着他脚上的泥，说道："我，我不再叫你'小老广'了，从此我们是朋友。"他是用贵州话跟我说的，因为那个时候一个西南小城的孩子是不会说普通话的，但是我完全明白他的意思，我过去拉拉他的手，说道："我们和好吧，这个弹弓本来就是你的，该你拿去！"

这是我少年时期经历过的一次关于友谊、关于和解以及男孩子之间的矛盾如何处理的特殊事件，道具就是一把弹弓。我想假如我没有把弹弓还给他，或者我一直用这把弹弓在街上像他曾经对我一样进行还击，那结果肯定是另外一种。尽管我当时不明白那么多的道理，但是我有一个朴素的念头：这把弹弓是一个男孩子的挚爱。它被更强大的力量剥夺没收之后，又被另外一个喜欢弹弓的男孩子获取，这个男孩子就是我。由于我有过制作弹弓的特殊经历，同时我还和这把弹弓的主人有过激烈的肢体冲突，那么这把弹弓我几乎没有任何思考下就还给了他，我收获的礼物肯定远远大于一把小小的弹弓。

小福子从此成为我的好伙伴，当我在黔西这座小小的县城生活的日子里，我们一起到河里游泳。他游泳的技术是一流的，水

对于他来说如履平地，而且他会仰泳、蛙泳、自由泳。他成了我学习游泳最好的教练，他让我一个内蒙古草原上的孩子也变成了一个"水娃娃""浪里白条"。他领着我到山上寻找一种野果叫黄泡，吃起来很像酸酸的葡萄。我们一把把采摘黄泡，吃得有滋有味，小福子总把最多最大的黄泡树让给我。

我们还一起远足到更远的山里边去捉螃蟹。那是一条小溪，石头很多，我学习了西南孩子们是怎么捕捉螃蟹的技巧。我记得当时我背了一个塑料书包，里边可以盛水，然后我们赤脚下到小溪里，他非常聪明地搬开一块一块石头，石头一动，螃蟹一惊，刚想溜走，小福子出手似电，毫不费力地捕捉着一只只螃蟹。螃蟹，在内蒙古草原我从来没有接触过，它的大钳子使我望而生畏，它的怪模怪样的形状也让我感到恐惧，我不敢捉螃蟹，更害怕石头下的水蛇。我欣赏着小福子非常轻松地把一只又一只的小溪里的螃蟹装进我的塑料书包里，我觉得他更像一个"螃蟹王"。

那一天我们收获很多。他脖子上的弹弓依然挂着，我觉得这是友谊的勋章。我们共同用这个弹弓在小溪里射击着各种各样随

处可见的目标，笑声溅到树叶上，飞到云朵上，笑声顺着溪水流淌，这是一个南方孩子和一个北方孩子友谊升华后的笑声。

三

 和小福子成为好朋友之后，我们的交往日益密切。走动多了起来，我才发现他对这把弹弓的确是投入了很大的精力和热情。弹弓的铁把非常精致，是当木工的父亲给他做的，弹弓上的粗皮筋是小福子用自己积攒的零花钱一根一根买的，所以这把弹弓对于他来讲是一个少年的梦想和情怀。

　　小福子有很多爱好，喜欢养金鱼。他家有一大缸金鱼，有龙睛、泡眼和红帽儿，红的、黑的、五花的金鱼慢吞吞地游在大缸里，像哲学家。这些金鱼在市场有不菲的价钱。金鱼甩籽的时候是甩在金鱼草上。小鱼孵出来之后，小福子会把煮熟的鸡蛋黄晒干，然后捏碎，一点点撒到水面上，让这些金鱼的孩子们吃饱吃好。

　　小福子还集邮，他有一些非常好的邮票，像黄山一组邮票让人生羡，他大方地送给了我，从此培养了我集邮的兴趣；此外他还会斗蟋蟀。斗蟋蟀在我的故乡顽童中是粗放型和不讲究的，我们经常和小伙伴们在一起去郊区玉米地里捕捉蟋蟀，大多用一个注射器的纸盒子，把蟋蟀们放在一起，然后蟋蟀们就在里面纵情厮杀，尸横遍野。我们不懂斗蟋蟀的规矩，也不知道斗蟋蟀的学问，现在到了贵州黔西，在小福子这里才知道了什么叫斗蟋蟀，什么叫蟋蟀文化。这是南北文化、蟋蟀文化巨大的差异。比如小福子的蟋蟀是用一根竹筒装着，竹筒上用快刀剃出两道长长的缝隙，蟋蟀就在这竹筒里，一头是竹子本身的竹节，另一头则用南瓜花堵住，又通风，又可供饥饿的蟋蟀啮食。他会用一根蟋蟀草不断地拨弄蟋蟀的须子，激怒蟋蟀，然后他把蟋蟀草一拔出来，竹筒里的蟋蟀会得意地振翅鸣唱，以为自己又战胜了一个强大的对手。这种竹筒装蟋蟀是小福子教给我的，我们曾经在夜晚用手电到背后的小山上去捉蟋蟀，捉完之后，斗蟋蟀则是男孩子们仪式感很强的一种游戏。竹筒是饲养场，亦是决斗台。取掉南瓜花，放另一只蟋蟀进筒，略一拨弄须子，马上展开一场厮杀。绿色的竹筒，

搏斗的昆虫，目不转睛的顽皮儿童是小城黔西美丽的风景，也是我永生难忘的青春图像……

　　小福子的蟋蟀往往都比一般的伙伴们的强大，所以他不仅是个"弹弓王"，他还是个"蟋蟀王"。我记得有一天晚上，我们两个到后山上去捉蟋蟀的时候，后山上闪闪烁烁飞着很多萤火虫。萤火虫飞起来是很美丽的，但是它的幼虫长得很丑陋，很吓人，同时尾部也会发光，常常让你感觉到像个大毛毛虫一样。当然萤火虫吓不住我们，但是在捉蟋蟀的时候有一条盘着的蛇吓得我够呛，这条蛇应该是一条毒蛇，因为颜色是灰黄色的，在手电的照耀下它盘成一团，吐着信子。当时那一瞬间我吓得手里的竹筒都扔掉了，只有小福子一点都不怕，他从容地拿出弹弓，取出石子，对着吐信子的蛇一弹射去，这条嚣张的蛇扭动了一下迅速地消失了。这一瞬间我觉得我的伙伴小福子真的很棒，是地道的威风少年，值得我和他交往。

　　小福子的弹弓真是他的最爱，有的时候在家里我见他为了练准确度，会用一些豌豆射击苍蝇。青豌豆在南方非常多。在黔西的日子里，豌豆成为我难以忘怀的一种食品。小城黔西有一个农贸市场，农贸市场边上卖着各种各样小吃。其中有一种叫"豌豆粑"，把豌豆平摊在面饼上，然后炸出来，豌豆和面结合在一起，又脆又香，所以豌豆粑是小城孩子们的最爱。除了豌豆粑之外，还有各种各样的小吃，比如腌酸萝卜，比如娃儿糕。娃儿糕是用大米面做成的一种近似于北方馒头的食品，它又白又软，还有点糯糯的，但是和娃儿糕相比，我觉得还是豌豆做成的油炸食品更好吃。我和小福子不止一次到农贸市场闲逛，我和他一起分享着一块豌豆粑，南方和北方两个男孩开心地对望着，友谊的快乐在我们的眼睛里互相流泻和交流，这种分享是少年人一种难以磨灭的记忆。

　　当然有时候我们还会分享其他的东西，比如说用青豌豆进行的一种有趣味的射击练习，这就是我在小福子家中时不时地看他用青豌豆、用他出神入化的弹弓技术射击墙壁上的苍蝇。当然不是每一次都会打中，但是你得承认小福子的弹弓技术准确度是非常高的，尤其是射那种叠加在一起的苍蝇。这种苍蝇可能正在谈恋爱，飞行起来速度很慢，目标还很大，所以小福子的豌豆子弹每每"啪"的一声，就把它们消灭了。我曾试过用青豌豆射击苍蝇，但是打中苍蝇的概率太小，几乎没有一个苍蝇被我击中。当然了，对弹弓技术掌握的熟练程度是第一，还要有敏锐的、精准的眼神，甚至还要有点提前量，当然这是我以后参军入伍懂得了射击原理，掌握到的一个名词。有时候你瞄得准准的，但是豌豆飞出去肯定不在你的目标上，因为它有一个飞行的弧度，还有你射击的力度所带动的它的垂直度……这一系列物理学的原理在当时的我还不

可能理解和掌握，但是小福子凭着他的聪慧居然无师自通。所以小福子的弹弓技术能出神入化成为"弹弓王"，在我看来源于他的勤学苦练，源于他对这门技术的刻骨的热爱。到最后我们对苍蝇的直接惩罚就是我索性用苍蝇拍了，"啪"一声消灭一个，"啪"一声消灭一对，而小福子拎着弹弓，翘着他的小嘴，调侃式地看着我，他把一把青豌豆装进自己的口袋，扭脸出去了。

他要用青豌豆射击什么呢？皂角树上的奇特的皂角虫，又叫"独角仙"，是比螳螂还要大许多的一种巨大的甲虫，它们生活在皂角树上，所以当地管它叫"皂角虫"。皂角在北方我从来没有见过，也只有在南方、在贵州才知道有这种可以替代肥皂的植物。皂角树上像豆角一样悬挂着很多果子，摘下来之后可以代替肥皂洗衣服。这是一种对人类生活，尤其是清洁生活有巨大贡献的植物，皂角树是最受女性欢迎的一种树木，男孩子喜欢它是因为它有皂角虫。拥有一只造型独特、威风凛凛的皂角虫是南方男孩子

74

的一种巨大的骄傲，而小福子用他的豌豆和弹弓帮助我实现了这个愿望。皂角虫是紫黑色的，它伏在树上，你几乎无法辨认，但是小福子毕竟是"弹弓王"，他这把出神入化的弹弓和他的技术让皂角树上的"潜伏者"皂角虫顿时现身，马上狼狈，然后成为我们的俘虏，这是一个比蟋蟀更有趣的生物玩具。

我记得有一次他用弹弓打下了一棵皂角树上的巨大的皂角虫，这个皂角虫头上有犀牛一样的分岔的大角，很像外国的圣甲虫。这种虫子被打下之后，你用一根绳拴着它那只独角，朝头上一抡，它会张开翅膀，发出一种特殊的几乎不属于甲虫的声音。这种甲虫坚硬巨大，无伤害性，是孩子们的最爱。它只栖息在皂角树上，皂角树属于南方，属于南方女主人们的最爱，因为它的果实可以代替肥皂洗衣服。皂角树上的皂角虫是一种奇特的共生，但是皂角虫不太容易捕捉，幸亏有了"弹弓王"小福子的神射技法，皂角虫不再是个神话。我们手上经常有好几只皂角虫陪伴，用一根红绳拴着，头上一抡，它就用翅膀飞出嗡嗡的声音。这声音属于天籁，自然也属于童年，属于男孩子之间的友谊和秘密。抡响皂角大甲虫时的瞬间，你觉得这个世界这个天地变得灿烂、美好、快乐，你觉得童年由于有了好伙伴，由于有了皂角虫，由于有了小福子的出神入化的弹弓技艺，特别感到温馨和安心。

在黔西的日子里，由于有了小福子，由于有了他这把出神入化的弹弓，也由于他的诸多南方孩子的特殊本领，我们的生活变得丰富多彩。在我的童年伙伴中，他的确是一个另类。正是因为小福子，才使我对贵州的山山水水、贵州的动物植物、贵州的风土人情，有了迅速的了解和接触。然而事实上我和小福子相处的时间并不多，因为很快我们家又搬走了，到另外一座贵州的城市都匀，它是贵州最南方的一座城市了。在都匀，我们伴随着剑江的波涛成长，在水里边用自制的鱼叉捕鱼、游泳，但是这一切活动小福子已经无法参加了。后来，我听说他成了一名军人。参军入伍，以他锐利的目光、准确的弹弓技巧掌握一支半自动步枪，那应该是非常简单、手到擒来的事，他应该是一名非常棒的神射

手。我几年后也成为一名驻守云南边疆的战士，但是我所在的部队是炮兵部队，步枪射击不是炮兵的专长。我从此再也没有见过我少年时期的好伙伴"弹弓王"小福子，但是我相信，在人民解放军这支独特的队伍里，以他的性格、以他的能力、以他刻苦练习神射弹弓的技法，他肯定是个非常出色的战士。

怀念你，"弹弓王"小福子！想念你，我童年的伙伴！

鱼灯

　　这个秘密只有岸上的老白杨知道，它让自己的第五十九片树叶去告诉小红尾，因为这片树叶长在树梢最高处，见的阳光最多，和小红尾最有共同语言，不知这信它捎去没有？

一

红尾是镜泊湖里一条不起眼的小鱼。

镜泊湖很大很平，镜泊湖很清很绿。它真的像仙女遗落在人间的一面镜子；又像是森林和群山藏起来的一粒硕大的珍珠，成天笑眯眯地拥抱着太阳，又摇荡着月亮。当它被微风吹起涟漪时，镜泊湖就变成了万顷绿绸。于是，阳光啊，小鸟啊，绿树的倒影啊，白云的衣襟啊，全让这一大块绿绸给包得严严实实。然后风一停，镜泊湖一乐，把刚才藏起的宝贝又一股脑儿地放出来，这时候，就该我们的红尾忙活了。

红尾忙什么？采集阳光。

红尾用什么采集阳光？用尾巴。

红尾红尾，尾巴自然与众不同，起码与鳌花的尾巴不一样。鳌花的尾巴是花的，又大又漂亮，在镜泊湖的绿水里一摆动，美极了。怎么说呢？反正每条叫鳌花的鱼，尾巴总是有事没事来回摆，不该摆的时候也摆，就像城里爱打扮的小姑娘。

红尾的尾巴摆得要恰如其分得多，没有必要摆的时候绝不乱摆。红尾在水里游动时，很悠闲，一旦它们摆起尾巴，那准是在集合开会，讨论如何采集阳光的重大问题。

我们的主人公红尾，是镜泊湖红尾家族中的小弟弟，镜泊湖里每条红尾都可以叫红尾，不但它们自己叫，人们也这样叫。不过我们的这条红尾比较有趣，它后来经历了一段亮晶晶的生活，成为镜泊湖里最最见过世面的一条红尾，因此我们索性用红尾来称呼它好了。记住这一点很有必要。

小红尾最近很苦恼，它几乎已经没心情去水面上吹泡泡了，而吹泡泡是每条小鱼最认真干的一件事。小红尾的苦恼是因为自己的尾巴，它的尾巴扁扁的，薄薄的，还有几分透明，中间凹成一个月牙儿形，在湖水里一摆动，就搅起一个小小的水花。这朵水花会沾在水草上，沾成白色的泡沫，然后在阳光下闪闪烁烁，慢慢消失在绿水里。小红尾摆尾巴时，它的眼睛努力斜过去，尾巴弯过来，弯成一个括弧，然后又弹回去，小红尾的尾巴弯来弹去，像做一种古怪的体操。它究竟在干什么？原来在欣赏自己的尾巴。红尾红尾，如果尾巴不红，多不好意思。我们的小红尾偏偏发现自己的尾巴不太红，这很让它沮丧。

　　据说阳光从红色的太阳身边来，因此具有让红尾鱼家族的每一个成员变成红尾的魔力。这是一代代红尾们传下来的绝招，我们的主人公小红尾既然是红尾，当然也懂得这个道理，就像每一个小孩子天生知道糖是甜的道理一样！所以，今天红尾翘起扁扁的尾巴，鳃一张一合，两只船桨样的鳍奋力划水，以便保证尾巴上翘的时间长一些，好让暖暖的太阳光温柔地、仔细地涂抹自己的尾巴。它这个模样很滑稽，怎么形容呢？像一只靠肚皮在冰上滑行的海豹。

　　一天中采集阳光的最好时间不在中午，而是在清晨和黄昏。清晨的阳光凉凉的，像抹在尾巴尖上的清凉油；而黄昏的阳光软软的，照在尾巴上好像不经意地按摩，舒服极了。清晨和黄昏的太阳顶红，可是这两个时间的太阳光又最弱，这是一个很让我们的红尾伤脑筋的问题。最红的太阳自然最具有染红尾巴的效果，最弱的太阳光同时又最不容易用尾巴采集，于是需要红尾动一番脑筋。

　　它先是弯在岸边的浅水里，因为水浅，阳光很容易穿透。后来小红尾又发现在岸边的圆木中一个发光的亮点，当游过去细看时，发光的亮点居然很强烈地震动了红尾：阳光被这亮点浓浓地吸住，它用尾巴一探，就感到了这亮点的珍贵——这是人们无意中遗落在湖畔的一面小镜子。

　　小镜子平平地躺在浅浅的湖水里，上面没有一点泥沙，每一条游过去的小鱼都愿意去打扫它的镜面，代价是美美地照个够。

镜泊湖的小鱼、小虾、小蛤蜊都知道浅水里这面小镜子好客，可是它们除了自我欣赏一下之外，根本不知道小镜子最重要的功能，现在这秘密被我们的红尾凭着本能发现了。

　　小红尾相信凭着这面神奇小镜子的帮忙，它的尾巴不但很快会变红，而且将变得绯红绯红，像落在湖边的那轮落日一样，红得让人们惊羡。

二

小镜子静静地躺在浅水里，它如今成为小红尾的一座舞台。别的小鱼小虾们渐渐放弃了照镜子的兴趣，但它们发现小红尾是一条古怪透顶的鱼，它不仅仅是照镜子，更重要的是小红尾起早贪黑，在小镜子上竖尾巴、倒立、左旋右转，仿佛在围绕、追逐着什么，可是小镜子上却又什么都没有。

天气一天天凉起来，落叶把深秋的信一封封寄给湖里的水族，当最后一枚树叶寄到时，镜泊湖的涟漪不再动荡。这枚落叶是岸上最高大的一株白杨树寄来的，这株白杨树整天眺望着北方的天空，用它粗大的手臂扯住云朵，也托起一群爱发牢骚的松鸡。当它决定把冬的消息写在自己最后一枚树叶上时，松鸡们一致认为白杨多管闲事！可是白杨摇摇头，它喜欢镜泊湖里的鱼，喜欢它们在自己的树影里戏水聊天的文雅，更喜欢一条名叫红尾的谦虚的小鱼。这最后一枚树叶就是寄给小红尾的，寒流马上要到达镜泊湖了，老白杨希望小鱼们能暖暖和和地过冬。

小红尾没有读到老白杨寄来的这封落叶信。

它整个沉浸在小镜子上的舞蹈里，它感觉到自己的尾巴正渐渐地红起来，先从尾巴梢上红起，这当然不是它心目中那种理想的绯红，而是一种介于胭脂红和粉红之间的颜色，可惜红的面积不太大，只停留在尾梢上。可是小红尾从这点点滴滴的红上看到了希望，于是它更加勤奋，更加早出晚归，对冬天渐渐冷漠的太阳，奉献着自己专注的赤诚。

镜泊湖开始结冰了。

小红尾平生第一次看到水的凝固，它先是为涟漪和波浪的定型而吃惊，它曾试图浮出水面，当它向水面白色的光明冲去时，脑袋碰到了一层坚硬的冰冷，它抬抬头，嘴巴无论如何也拱不出水面，整个镜泊湖被一块水晶玻璃隔离起来，我们的红尾成为玻璃里面的小生灵！

　　小红尾起先有一缕惊怕，一丝不安。它不明白为什么世界突然变得坚硬？可是它很快适应了冰层下的生活，因为它发现太阳由于冰的存在而变得格外慷慨大方，阳光射入冰层后，对自己尾巴的点染效果十分明显。小红尾为这一奇特的感觉所震惊，它越来越多地贴近冰层，越来越高地举起自己的尾巴，像举起一面追求阳光和美丽的小旗，真是一条固执的小鱼！

三

当岸上的老白杨正对松鸡们不耐烦时，镜泊湖的落日又一次微笑成灿烂的圆果。它静静地悬在远方的山崖上，好像在自我欣赏、自我陶醉。它悬挂的时间很短暂，至少在老白杨看来是这样。可是这短暂的辉煌却给我们的红尾以莫名的欣喜和刺激，因为它此时正接近最高的冰层，它的小巧的尾巴在夕阳的抚摸下变得鲜红。阳光透过冰层，具有穿透力和不可抗拒的美，这力和美使得小红尾战栗不止，恰到好处的角度和投影，把小红尾和冰层融为一体，它的尾巴在一瞬间产生了红宝石般的绚丽。小红尾努力地弯起身体，使自己的尾巴一次次接近夕阳，靠近冰层。这种努力是一种对落日的忠诚的挽留，对朝阳的真切的呼唤，体现在我们的小主人公身上，由于忽略了寒流的侵袭，竟渐渐有了几分悲壮意味。

　　小红尾在最后一跃贴近冰层时，看到落日投给自己的一缕红线似的光束绮丽无比，可自己却无法回头去观赏这最后一缕阳光的点染。它感到游动的水正渐渐变浓变稠，而自己有一种隐入泥淖时的僵硬感，冰层压下来，压下来，自己为这冰层所包围，退不出，也游不动。它留恋地望一眼太阳落山的远天，明白自己将凝固在这冰层中，成为镜泊湖第一条冰中的小红尾鱼。

　　不过红尾没有后悔，在它鱼儿的头脑尚能做出最后的判断时，它感觉到太阳不会遗弃自己，因此它快乐地哆嗦了一下，吐出一粒小小的气泡，便不再挣扎。浓重的水漫过它的全身，小红尾渐渐失去了知觉……

　　镜泊湖的冬天来临了。

四

　　"叮叮当当"的声音震醒了红尾，它企图以快速游动来摆脱这种奇怪的喧嚣，可是它很快意识到自己的僵硬和无能为力。

　　"一条鱼，一条冰鱼！"一个陌生的声音叫喊道。"凿下来，轻一点儿，哈，还是条漂亮的红尾！"又一个声音在应和。红尾不明白自己遇到了什么事，可是它发现自己已经成为一块巨冰的一部分，而且这块巨冰正被人们从湖面上取出来，好像要去从事一种和冰们有关的美妙的事情。

　　红尾在冰里注视着凿冰的人们，发现这是一群乐天的青年，在冰天雪地里凿出镜泊湖的冰块，一块块垒起来，要运到一处远比镜泊湖热闹的城市。

听天由命的红尾，将以一块冰的身份去闯世界。

　　它很快明白了人们凿冰运冰的目的——制作冰灯。

　　红尾所在的这块冰很大很厚，当其余的冰被人们雕成宝塔、滑梯和栏杆时，红尾的冰被许多人摸来摸去，但没有一个人来雕琢它，因为红尾的存在使技艺平平的人们不敢问津，当然，这种冷落很使红尾不快活。终于，这一天来了一个小姑娘，她有一张红扑扑的脸蛋，穿一身红色羽绒服，戴一顶红毛线织成的滑雪帽。她一站在红尾这块冰的面前，红尾感到自己的心脏"突"地跳了一下，嘴角本已凝固的小气泡也微微一动，它为小姑娘的美丽和太阳般的装束所激动，于是它热烈地望着小姑娘，用自己在冰里所能聚集起的感情。小姑娘拍拍红尾（当然是隔着一层冰），兴奋地喊道："我要爸爸来雕这块冰，这块有条小鱼的冰！"

　　幸运的红尾遇到的小姑娘，恰巧是这座城市里技艺最高超的冰雕艺术大师的女儿。艺术大师应女儿的请求来到红尾面前，端详好半天，他承认在冰里有一条红尾鱼是自己平生见到的所有奇迹中最大的奇迹。他望望女儿，又瞅瞅红尾，红尾也静静地盯住大师，大师从红尾的眼睛里读出了一种水族的期待，他心中猛然涌起奇异的灵感冲动，这种冲动是自从他当了艺术大师之后久违了的感觉，而正是这种感觉才使他成为大师的。

　　艺术大师把这块冻结着红尾的冰块运进工作室，开始雕琢。雕琢时他的手心出汗，眼睛放光，四下飞溅的冰屑镶在他的眉毛上，把大师装扮成一个圣诞老人的模样，他不管不顾，疯狂地投入自己的冰雕艺术之中。

大师的凿子每每举起时，他都感觉到红尾这条小鱼的默默嘱托。尽管他不知道红尾是怎样进入冰层的，更不知道红尾心中的秘密，可他承认这条小鱼身上具有某种魔力，因此他雕刻得格外认真。

　　一个阳光灿烂的上午，冬日的太阳悬在高高的雪松上，大师放下自己的刻刀，松了一口气。他注视着自己用一个星期的时间雕琢的艺术冰雕——一尊号称"东方维纳斯"的观音菩萨，内心有一种极度松弛的感觉。他的目光停留在观音所提的鱼篮上，这

只晶莹的鱼篮盛满灿烂的阳光，阳光里闪现出一尾活泼泼的小鱼，小鱼的尾巴嫣红，仿佛一粒熟透了的草莓。大师揉揉眼睛，他感到不可思议的是：小鱼的尾巴在一星期前还仅仅只是浅浅的红色！"或许是阳光玩的把戏吧？"大师自言自语道。为雕这只鱼篮他两天两夜没有合眼，生怕一失手毁坏这天然的冰饰。这种小心的雕刻，对于大师来说是一种灵感的迸发，而小红尾的注视无疑起到了艺术监工的作用，至少红尾自己是这样认为的。就这样，我们的红尾成为冰灯会上一盏最气派的灯，鱼灯被安放在灯火辉煌的中心点上，它的左边是西藏巍峨的布达拉宫，右边是一座冰塔，杭州六和塔，当然这一切全是冰的把戏。红尾被放在一座冰亭里，被八位神仙所包围，它知道这是赫赫有名的"八仙"，战胜过海龙王的神仙，尤其是铁拐李和吕洞宾最厉害，可现在他们团团围住红尾，好像红尾比龙王还棒似的！

红尾比不过龙王，但红尾是被冰雕大师雕成的鱼灯。准确点说，是观音手上的鱼篮灯。

观音菩萨肯定比龙王棒得多了。

红尾被观音提在手上，默默地望着观灯的人流，它发现人们最爱看的是自己，而且大多数人不敢相信自己是一条真正的红尾鱼！人们里三层外三层地围着冰雕观音，指着红尾议论纷纷。红尾透过冰层望着观灯的人们，感到十分有趣，它知道人们的猜疑，可又遗憾自己的无能为力，它甚至连眼珠都不可能转动一下，更不用说动动那美丽无比的尾巴了！这种情况未免有些扫兴，直到有一天小姑娘来了为止。

　　小姑娘望着红尾，她身上的红色使红尾感到了久违的阳光正回归到自己的尾巴上。她伸出戴着红手套的手，轻轻摸着冰灯，突然间华灯大亮，八仙手中的兵器化为光束，齐齐地照向观音的鱼篮。鱼灯在这璀璨的灯光映照下，聚焦成为一个红得发出晶莹的光的宝篮。红尾鱼瞬间感到自己成为一条盲鱼，眼前是五彩斑斓的光束，这光束如彩虹般交叉扭绞，幻化成七彩的花篮，而自己眼睛里则除了红色还是红色，这是镜泊湖的太阳升起时的嫣红，又是镜泊湖的落日溅落时的潮红，是小镜子反射出的最后一缕晨曦的胭脂红，又是自己的尾巴采集到的冰层透泻的水晶红……于是，红尾感到自己成为冰的灵魂、冰的精华，向无边的辉煌游去，比风还快，比云还轻，比阳光还温煦，比波浪还调皮。太阳在招手，用阳光的手臂在牵引着自己，在引导着自己，而自己的尾巴，在阳光中红得透出紫色，像大朵大朵的鸡冠花，大粒大粒的红草莓，美丽、鲜灵，真是镜泊湖中顶顶出色的一条红尾鱼……

　　就这样，我们的小红尾在冰灯世界的灿烂光芒中达到了自己生命的顶点，它装饰了艺术，以自己与众不同的红尾巴；艺术反过来又成全了红尾，因此当冰灯节结束时，春天也悄悄地来到了。冰灯们"滴滴答答"地和春风聊天，询问小河的消息，红尾寄身的冰鱼篮被小姑娘轻轻地取下，她捧着冰鱼篮走向小河。

小河很文静地流着，解冻后的河面上不时流过大块的浮冰，它们相互撞击出"嚓嚓"的声音，很像一群男孩子在操场上打闹。小河岸边的青草刚刚冒出头，很羞怯又很认真地召唤着太阳，红尾感到自己的身体正渐渐温暖，嘴边的气泡被一株小草一顶，"噗"一声破了。冰篮在悄悄融化，小姑娘的手心太暖和，春天的阳光太温柔，当然，更重要的是鱼篮中的红尾听到了春天的歌声，它渴望从僵硬中回到生命的常态。小姑娘问红尾："你快活吗？"红尾问她："你快活吗？"小姑娘点点头，红尾也点点头，不过它的头点得很含蓄，几乎让人无法感觉到，因为红尾点头时下巴还让一块硬邦邦的冰托着，凉飕飕的一点儿也不舒服。

小姑娘把红尾和冰鱼篮轻轻放入小河，小河匆匆地抱起这块晶莹的艺术品，闪闪烁烁地流向无尽的远方。

在遥远的小河尽头，据说是一座美丽的大湖，叫镜泊湖。

五

下面的故事似乎用不着我去多说了，每一个孩子都能猜到它的结尾。我们的小主人公红尾如今在镜泊湖里蛮惬意地游戏、聊天，小镜子依然躺在岸边的浅水里，充当小鱼们表演的舞台。当红尾向湖里的朋友们讲起冰灯节时，所有的鱼儿都持怀疑态度，甚至认定这是一条爱吹牛的小红尾。

当然，如果它摆起自己与众不同的红尾巴时，别的红尾会哑口无言。另外，小红尾还有一个小遗憾：自己比同龄的红尾兄弟个子小得多，它一直弄不明白这是为什么。其实这正好证明自己的经历：当它成为鱼灯为人们所观赏时，它的个头一点也没长，也不能长！

这个秘密只有岸上的老白杨知道，它让自己的第五十九片树叶去告诉小红尾，因为这片树叶长在树梢最高处，见的阳光最多，和小红尾最有共同语言，不知这信它捎去没有？

镜泊湖很大很美，镜泊湖的鱼也很多很多，可是最出色的鱼只有红尾，不信你去问好了。

镜泊湖的阳光质量上乘，尤其是用来染红鱼尾巴，永不褪色！

这个道理每条红尾都特别明白。

寻找鸟石的秘密

　　叮叮咚咚，有时声音像泉水流过石缝，溅起的水惊醒了一只青蛙的梦，它不高兴地叫了一声，随后又进入了梦乡；有时声音像风掠过空空的树林，响起顽皮的呼哨，有一两声夜鸟的梦呓，小松鼠在窝里咂着嘴，新长出的松针，刺得它痒痒的，于是它的咂嘴声像是浅浅的笑。

一

在丫丫和晶晶心目中，现在顶重要的事是寻找鸟石。当然，我说的是她们放学之后，而不是在课堂上。课堂上该做什么，她们很明白。不过丫丫和晶晶刚刚上学五天，"1、2、3、4、5"，或者举起一只手，就这么多天。读了五天书的小姑娘很了不起，至少丫丫和晶晶这么认为。

下面我们要说到鸟石了。

鸟石是一种很奇妙、很神秘的石头，据说是小鸟们比赛唱歌时，轮流站在上面的那种幸运石头，用人类的话说是"舞台"。它们很少见，但是一旦找到鸟石，你就等于找到了一群会唱歌的鸟儿，石头会为你唱出一支又一支欢乐的歌。丫丫和晶晶看过电视里的歌手大赛，她们想象鸟儿们的比赛可能比歌手大赛更热闹、更精彩！因为鸟儿们天生就是大自然超一流的歌手。

鸟石的故事是一位陌生的老爷爷告诉晶晶的。老爷爷告诉晶晶时，声音很神秘，眼睛笑成两朵菊花。晶晶当时正站在大院的废墟旁跳绳，这是盖大楼的工地，堆满了沙土和卵石，还有一排排规规矩矩的红砖，一袋袋胖墩墩的水泥。老爷爷说完就走了，他像一缕风吹过。只是从此之后，鸟石沉甸甸地压在小姑娘晶晶心头，她把秘密告诉给小伙伴丫丫之后，才感觉到一阵轻松，像大热天喝冷饮。

二

晶晶和丫丫托住下巴，坐在夏日的树荫下，像两个小哲学家般思考着这桩让她们坐卧不安的重大秘密。

世界上有秘密真好，它能让你享受到别人不知道的那种愉快，这种感觉就像把一只小白兔揣进了怀里，它隔一会儿蹬你两下，又蹬你两下，让你的心里痒酥酥的。

晶晶和丫丫商量来又商量去，她们决定第一步要迈向动物园，

动物园是鸟儿们的天堂，在那里她们可以向鸟儿们打听鸟石的秘密。

拣一个星期天，晶晶叫上丫丫，向动物园出发。为了和鸟儿们有个良好的友谊开端，丫丫往自己的口袋里塞了一包香喷喷的松子。晶晶没揣松子，晶晶爱吃大白兔奶糖，她认为世界上最好吃的东西就是大白兔奶糖，大白兔奶糖使晶晶聪明，晶晶聪明，鸟儿们也聪明，因此聪明的鸟儿们注定也爱吃大白兔奶糖。

从前，晶晶和丫丫一到动物园先奔猴山，看顽皮的小猴子们揪着妈妈的毛打秋千，真让人开心！然后去熊山，扔一块奶糖，黑熊就立起敬礼，还会翻一个筋斗，转两圈，黑熊特贪吃！今天可不一样，没工夫去找狗熊和小猴子聊天，想起黑熊的馋样，晶晶摸一下衣袋里的奶糖，仿佛有几分内疚似的。但晶晶毕竟是一年级小学生了，这意味着晶晶能分清什么是要紧的事，什么是不太要紧的事。比如天下最要紧、第一要紧的是功课和作业，第二要紧的是鸟石，毛猴和黑熊嘛，1、2、3、4、5，只能挪到中间的"3"字上！

瞧，我们的晶晶和丫丫是两个多么有主意的女孩子！

晶晶和丫丫先到鸣禽馆去拜访。

鸣禽馆里热闹极了。八哥和鹦鹉在练习说话，说那种怪腔怪调的"人话"，"你好"，听起来像"喵"；相思鸟在绿叶间飞来飞去，像一朵又一朵红色的花儿；大嘴巴犀鸟噘着嘴，头一点一点的，像丛林哲学家。顶热闹的是两群黄莺和画眉一起一伏地对歌，像电影中刘三姐那样对着歌，它们一看到晶晶和丫丫，停止了唱歌。

一只画眉大大咧咧地问道："小姑娘，找我们有事吗？没事别打扰，没看我们正忙着吗？"

晶晶谦虚地答道："没事，没太大的事。"

丫丫有点看不惯画眉的骄傲劲儿，说道："事不大，也不小，和每一只鸟儿都有关。"

听到她的话，黄莺和画眉一齐叫起来："快说，快说，快快说，我们已经等不及了！"

晶晶说："你们知道石头吗？"

画眉说："石头？你把我们都当成傻乎乎的笨乌鸦吗？谁没见过石头，除非它不是一只画眉，而是一只画眉蛋！"

丫丫说："当然不是普通的石头，而是鸟石，知道吗？鸟——石！"她加重了语气，还拉了长声，好让骄傲的画眉听明白鸟石两个字。

"什么叫鸟石？"黄莺和画眉们不再喧闹，齐声问道。

"就是一种会发出各种鸟叫的石头，明白了吧？"丫丫耐心地补充道。

画眉们垂下了头，黄莺们也噤了声。它们显得不好意思起来，敢情两个不起眼的小姑娘拥有这么惊人，不，"惊鸟"的秘密！一旦她们找到鸟石，画眉和黄莺的对歌就显得毫无意义。

它们客气地摇摇头，又更加礼貌地点点头，十分尊敬地把晶晶和丫丫送出了鸣禽馆。

晶晶拉着丫丫的手，走在灿烂的阳光下，鸣禽馆的鸟叫声小了下去，画眉和黄莺们，一定也为鸟石的秘密操心呢。

走了不远，迎面踱来一只鸵鸟，摇摇摆摆的像个绅士，长脖子上还围了一条美丽的丝巾，毫无疑问，这是一只喜欢打扮自己的鸵鸟。

鸵鸟很高大，自然也很高傲。它拥有沙漠历险的光荣经历，所以在动物园里常感到压抑。丝巾是它那次穿过沙漠风暴的纪念，一个阿拉伯王子赠给它的，每当春天的第一片草叶探出地面时，鸵鸟就兴冲冲地围上丝巾，开始自己春天的散步。这种散步通常只进行一周，也就是七天，1、2、3、4、5、6、7，晶晶和丫丫还没学到七这个数，所以她们不理解鸵鸟心中的向往。

鸵鸟问道："小不点儿，有什么事？"

晶晶小心翼翼地说道："鸵鸟先生，您个子这么高大，脖子上的丝巾又这么漂亮，您一定有特别特别丰富的见识吧？"

鸵鸟点点头，说："当然、一定、我；沙漠、王子、乐。"

鸵鸟就是这么讲的，一个字、两个字地往外蹦词儿。它的前半句，是自我肯定和自我表扬，每一只鸵鸟天生都会这种心理治疗，所以它的种族才能高傲地延续到今天。后半句话呢，用不着我多说，它用五个字，1、2、3、4、5，正好是晶晶刚刚掌握到的数学知识，概括了自己光荣的沙漠历险，王子对自己的奖励，还有鸵鸟自己的感想：乐。

是有几分可乐，尤其面对一只装模作样的鸵鸟。

丫丫已经失去了耐心了，急匆匆地问道："您可知道一种叫鸟石的石头吗？"

鸵鸟晃动的脖子突然停止在空中，它使劲瞪圆了本来就很圆的眼睛，一阵轻风吹过，丝巾飘了两下，好像鸵鸟的飘动的思绪。

好一会儿，鸵鸟的脖子动了，一左一右地动着，这其中的意思晶晶和丫丫马上明白了。

鸵鸟不紧不慢地说道："鸟石、知道、不；沙漠、王子、哭。"于是晶晶知道这位鸵鸟先生一点儿也不知道鸟石的秘密。由于鸟石的出现，还扰乱了鸵鸟先生散步的快乐情绪，它乐不起来，想哭。

想象一只大鸵鸟哭泣的模样，一定很有意思。

幸亏一只绿孔雀飞来，解了大鸵鸟的围。这是一只羽毛鲜亮的孔雀，绿缎子般的光泽闪烁在它每根羽毛上，它不轻易开屏，一开屏就有许许多多黑色的眼睛大睁着，向蓝天和白云发出问询，这是一只求知欲特别旺盛的绿孔雀。

绿孔雀向晶晶和丫丫打招呼，它打招呼的方式很特别，彩色的冠子耸动着，两条修长的腿交叉踏步，它一共交叉了1、2、3、4、

5次，又一个1、2、3、4、5次。晶晶和丫丫使劲地数着，还动用了手指头，手指头捏完了之后（当然是两只手的手指头），绿孔雀安静下来，它问晶晶和丫丫道："漂亮的小姑娘，你们究竟找什么？"

晶晶说："鸟石。"

丫丫也说："鸟石。"

绿孔雀耐心地听完了她们关于鸟石的叙说，沉思了一会儿，绿孔雀沉思的标志很简单：低下头，又闭上眼，尾巴上的长羽会颤颤巍巍地披散开。这时你能看见尾羽上一只又一只黑眼睛露了出来，它们代表绿孔雀进入沉思状态。

不一会儿，绿孔雀开口道："鸟石很奇妙，我也是第一次听说，我向所有的鸟儿们打听一下，也许有的会知道的。"

晶晶和丫丫齐声说："那你怎么通知我们呢？"

晶晶摇头，丫丫晃脑。

绿孔雀又说："能说出你们家的地址吗？我会找到你们的。我会飞出动物园，帮你们找到鸟石，因为它实在太奇妙，妙不可言！"

家庭地址，很简单。

晶晶和丫丫争先恐后地讲出了家里的地址，她们特别说明，自己家旁边正在盖大高楼，有点乱。

绿孔雀说不怕不怕，哪有怕乱的孔雀。

晶晶掏出一粒大白兔奶糖，丫丫也不甘落后，拿出一把松子，送给热心的绿孔雀。

　　绿孔雀高兴地接受了小姑娘的礼物，它转身踏步，还是那种交叉脚步的古怪姿势。"是孔雀们的告别仪式吗？"晶晶和丫丫想。还没等她们细数踏步的次数，绿孔雀抖落了一根绿得发蓝的翎毛，它把翎毛递到晶晶手中，说："这是我的名片，真的名片，拿着它，你就能找到我。不过，要在夜晚，月亮升起的时候，对着翎毛上的黑眼睛吹三口气，1、2、3，我就什么都知道了。"

三

　　又一个星期天到了。

丫丫和晶晶在一堆卵石中寻找鸟石，不知道的人会以为两个小姑娘在游戏，她们拾起一块石头，又拾起一块石头，放在眼前看看，又拿到耳边听听，神情严肃又认真。尤其是晶晶，两只小手忙个不停，卵石一共有三堆，她在三堆石头上蹦来蹦去，那模样儿活像一只鸟儿。

丫丫不像晶晶那么忙乱，她挺有主意，只在最大的卵石堆上挖掘，因为她看见过两只麻雀曾经叽叽喳喳地在这堆石头上聊天。麻雀当然算不上歌唱家，但起码它们属于鸟类，没准这是两只有志气的麻雀，在鸟石上练嗓子，准备在鸟儿赛歌会上一鸣惊人呢！

丫丫先找到一块拳头大的石头，这石头很沉，也很光滑，上面有树枝状的花纹。树枝和鸟的关系，丫丫早在三岁时就弄明白了，所以她觉得这块石头有来头，拣出来放在一边。她又发现一块乒乓球大小的石头，有两个圆圆的眼睛，那模样活脱像是一只画眉，而且是只唱得起劲的画眉，丫丫觉得这块圆石头更具备鸟石的资格，自然也拣了出来。不一会儿，她就拥有了一堆圆石头。

晶晶也抢了几块石头，她和丫丫的标准不一样，丫丫挑鸟石的形状，晶晶要听鸟石的歌声！怎么听？拿石头和石头摩擦。晶晶发现：大石头和小石头摩擦，发出的"吱吱"声像黄莺；圆石头和尖石头摩擦，发出的"啾啾"声像百灵；如果两块石头头部有断面，用断面摩擦出的声音更丰富，有时听起来像"咕咕"的鸽子，有时像是"加加"的喜鹊。听到"加加"声时，晶晶偷偷地乐了，她想起上课时老师教的"加法"，觉得花喜鹊的算术一定很棒！不过一直"加"上去，那数会数不清的。

丫丫和晶晶，各自找到了好多"鸟石"，她们的小脸蛋上滴着汗，手也变成了黑黑的"熊掌"，像动物园里喜欢敬礼的大狗熊一样，兴冲冲地回家了。

其实她们是为绿孔雀的到来做准备的。当月亮升起的时候，晶晶和丫丫两个喜欢保守秘密的女孩，神秘万分地拿着孔雀翎毛来到院子里的丁香树下，坐定，瞅瞅天上的月亮，又大又圆，像妈妈的穿衣镜；再摸摸手上的翎毛，一晃一晃的，翎毛上的黑眼睛仿佛在眨动，晶晶和丫丫，深深地吸了一口气，不约而同地向着翎毛上的黑眼睛吹气，1、2、3，好长的三口气。吹完，她们坐在丁香树下，望月亮。

突然，月亮上好像出现了一只大鸟的身影，这大鸟从模模糊糊到越来越明晰，由小到大，由慢到快，渐渐能感受到鸟儿翅膀扇动的风了。晶晶和丫丫定睛一看，差点没叫出声来：绿孔雀正站在她们面前。

没错，就是和她们结盟保密的绿孔雀。

世界上开心的事，全让晶晶和丫丫碰上了。

四

下面发生的故事，晶晶和丫丫讲起来不大一样。

晶晶说，绿孔雀仔细地看了看她和丫丫拣的石头，歪着脑袋一块块地端详，有时还用嘴巴啄两下，"笃笃"的像一只啄木鸟，最后绿孔雀摇摇头，说道："这些没有一块能称得上是鸟石。"

丫丫说，绿孔雀对她们拣的"鸟石"只是闻了闻，像一只猫闻一条鱼那样，然后什么也没说，只是交叉了一下双腿，就把她和晶晶驮起飞走了。

鸟石，一切为了神秘的鸟石。

月亮真大，真圆，也真亮，像是被人镀上了一层亮银。

月光清凉如水，晶晶和丫丫，紧紧地抱着绿孔雀的脖子，感到风从耳畔掠过，耳朵后面痒痒的。几只萤火虫拎着小灯笼，匆匆忙忙地迎面飞来，它们好像去赴谁的宴会。晶晶和丫丫用眼睛和萤火虫们打招呼，当她们使劲地眨动眼睛的时候，萤火虫们也让自己的小灯笼明明灭灭，看起来像在发什么航天信号。

高楼、大树、湖泊、河流，全在绿孔雀的翅下一一闪过。最好玩的是亮满了街灯的大街，从天上看去，就像一条闪闪烁烁的银河，甲虫样的汽车在这条大河里缓缓爬行，偶或响起一两声细弱的车笛，听起来像甲虫的嗡嗡声。

当绿孔雀穿过峡谷样的两座高楼时，它放慢了飞行的速度，开始缓缓降落。

绿孔雀把晶晶和丫丫带进了高楼内的一座大厅里。

大厅里摆放着各种各样的石头。

有的石头像一只白熊；

有的石头像一只海龟；

有的石头像一只飞翔的雄鹰；

有的石头像一只沙漠上的骆驼……

晶晶和丫丫大睁着双眼，仔细地看着这些平生第一回见到的石头。

晶晶看到一块蓝莹莹放光的石头，绿孔雀说："这叫孔雀石，你看，它像不像我们孔雀的羽毛？"

晶晶走上前去抚摸着孔雀石，石头光滑中有些温润，连孔雀的冠子都和真孔雀一样地耸立着，不小心会把它当成双胞胎中的一个呢！

当晶晶的小手抚摸到孔雀石的翎毛时，她感到手心动了一下，又动了一下。突然，孔雀石整个地动了起来，继而响起一个和绿孔雀一模一样的声音："欢迎欢迎，欢迎你们来到奇石博物馆和我们过金秋！"

孔雀石变成了一只真孔雀！

丫丫胆怯地四下一望，她看到白熊在向她招手，海龟冲她点头，雄鹰扇动着翅膀，骆驼晃动着长脖子，发出那种很雄厚、很遥远的来自沙漠的叫声……

奇石博物馆里的每一块石头，都被注入了生命，变幻出活生生的动物。

有一只化石鸟，用晶晶和丫丫从没听过的叫声，和她们打招呼。晶晶走过去，化石鸟吃力地转动一下头，说道："对不起，我的脖子有1、2、3、4、5，五亿年没有转动了，不太灵活，就像你们小娃娃不小心睡落枕的那种滋味，不好受。"

晶晶不久前落枕过一次，她明白落枕的感觉，同情地望着化石鸟。

化石鸟发出友好的笑声，有点像卡通片小唐老鸭的那种又沙又哑的滑稽万分的笑。晶晶乐了，丫丫也乐了，连绿孔雀也乐了起来。

化石鸟说："别笑别笑，我不是故意这样笑的。变成化石的时候，一粒松子卡在我的嗓子眼里，卡了1、2、3、4、5，五亿年，嗓子有点变形，走音，下次你们再来就好了，我的歌声保险比侏

罗纪的恐龙们要好听得多！"

一说到恐龙，晶晶和丫丫马上四下里张望，她们看过一部有趣的影片《侏罗纪公园》，复活的恐龙又大又凶，可不像奇石博物馆的石头们这样友好！"千万别钻出一条恐龙。"晶晶想。

仿佛一下子猜准了晶晶的心思，化石鸟又"嘎"了一声，说道："别怕别怕，恐龙不在这里，在自然博物馆，它们懒得很，从来不愿意动弹。说心里话，我真有点想念它们呢，别看恐龙个子大，心肠儿不坏，真的。"

丫丫问化石鸟："请问，你是鸟石吗？"

化石鸟一听丫丫的问话，马上乐了起来："当然，当然，你们看我这模样，不是鸟石又是什么？"

"那么，孔雀石呢？"晶晶怯怯地问。她觉得鸟石的秘密一下子落在化石鸟头上，有几分扫兴和不甘心。

"孔雀石嘛，别看它像孔雀，其实是铜矿石，知道什么是铜吗？"化石鸟大大咧咧地问。

晶晶不高兴了，一年级的小学生，当然知道什么是铜了，不但知道铜，还知道金、银、铁、锡呢。"喊，还小瞧人！"她生气地噘起了小嘴。

这时，绿孔雀走过来，后面跟着孔雀石，它的孪生兄弟。绿孔雀把尾巴竖起来，它顿时变成一只美丽非凡的开屏孔雀，翎毛上众多的黑眼睛大睁着，晶晶知道，这是绿孔雀在思考问题了。

孔雀石冲着化石鸟说道："老兄，别太骄傲了，凭什么你是鸟石，我就不是？还说我是铜矿石？"

化石鸟不好意思地说：“你真的是铜矿石，不信问问你的兄弟绿孔雀，它的学问很大。”

绿孔雀原地踏步，把美丽的彩屏开得更大了几分，它慢悠悠地说道：“化石鸟说得不错，孔雀石的确不是真正的孔雀，不是孔雀嘛，自然也不是小姑娘们寻找的鸟石了。不过，化石鸟先生，你也不是鸟石，我说了你可别难过！”

化石鸟说：“我都等了1、2、3、4、5，五亿年了，人们都叫我鸟化石，一念快了不就叫成鸟石了吗？我不明白为什么我当不了鸟石？不懂，不懂；古怪，古怪！”

晶晶说：“化石鸟，你可别着急，一着急，你的嗓子会更沙哑的。我们是在寻找一种鸟石，可不是找像你这样的化石，我觉得……”

她的话没说完，丫丫接过去说："我们觉得鸟石不光长得像鸟，还要有好听的叫声，可化石鸟像唐老鸭，鸭子能算鸟吗？"她的话茬儿接得很快，一时间让化石鸟说不出话来，它"嘎"一声，像是又被松子卡住了喉咙，不吭声了。

五

绿孔雀和晶晶、丫丫走出了奇石博物馆。告别孔雀石的时候，丫丫看见孔雀石难过得哭了，它的眼泪亮晶晶、蓝莹莹的，"吧嗒"一声落在地板上。晶晶拾起一看，孔雀石的眼泪落在地上，变成了泪珠形的绿松石。她捡起两滴孔雀石的眼泪，安慰孔雀石道："别哭别哭，我们会常来看望你们的。"她一摸口袋，嗨，一块大白兔奶糖，晶晶把奶糖递到孔雀石嘴边，孔雀石破涕为笑（注意，这是个古老的成语，涕，眼泪的意思，可不是鼻涕），它觉得没当成鸟石，吃一块大白兔奶糖也不错。

六

奇石博物馆的大楼离晶晶和丫丫越来越远了。绿孔雀不说话，只是奋力扇动着两只巨大的翅膀，萤火虫们又出现了，它们大概赴完了朋友们的晚宴，该回家了。其中一只显得很活泼的萤火虫跟晶晶打招呼，它说："嗨！咱们又见面了，你们的旅行快活吗？"

晶晶说："还好，我们见到了一群好玩的石头。"

萤火虫说："好玩的石头？是那种会唱歌的石头吗？"

晶晶和丫丫一乐，差点没从绿孔雀身上跌下来。绿孔雀放慢了飞行速度，也注意倾听着。晶晶忙问："请问你们谁知道一种会唱歌的石头在哪里？"

萤火虫们七嘴八舌地说道："知道，知道，有个老爷爷守着，守着。"

"老爷爷在哪里？"晶晶问道。

最爱说话的萤火虫，绕着晶晶的脑袋转了一圈，好像在考虑应不应该透露这样一个重大的秘密似的，轻轻地说道："你们飞过一条宽阔的大河，河边上有一棵高大的桂花树，树下有一间小小的红房子，红房子里有一个慈祥的老爷爷，找到了老爷爷，也就等于找到那种会唱歌的石头了，这块石头是老爷爷的命根子……"

说完，这群萤火虫们仿佛听到一个暗号一样，一个接一个在夜空中拉起手，闪闪烁烁地组成一个图案，这个图案很像一只大公鸡的模样。萤火虫们感到晶晶和丫丫已经看明白了它们组的图案后，齐声说："这就是那块石头！"

说完，它们忽地一下散开，像一群小小的星星般消失了。好一会儿，有细小的"再见"声传来，萤火虫们走了。

七

当绿孔雀飞过大河时，晶晶和丫丫有点紧张，河水中有些亮晶晶的波纹，像是月色的反光。有船，小小的饺子一样的船；有帆，纸片样的帆，剩下的就是丝丝吹过耳畔的风。晶晶和丫丫大睁着眼，想看清河边的树和红房子，她们更想再会一会机智的萤火虫们，可是这一切都有点来不及了，因为绿孔雀已经在下降。当一阵浓郁的桂花香飘起时，她们知道，目的地已经到达了。

桂花树很高大，夜色中有米粒状的桂花轻轻坠落着，香气被风捎出很远很远。红房子亮着灯，当绿孔雀上前啄门时，一个快乐的声音响起了："欢迎你们，远方的朋友！"

晶晶和丫丫走进红房子，只见灯光下坐着一个老爷爷，他正

是告诉了"鸟石"的秘密的那位老爷爷！没错儿，他现在笑成两朵菊花的眼睛和那熟悉的声音，一切的一切都告诉晶晶和丫丫："老朋友又见面了！"晶晶和丫丫居然有一个老爷爷当自己的老朋友，而且这位老朋友住在这么一个有趣的地方，真让人想不到！

老爷爷立起身，给晶晶和丫丫从一个古朴的铜壶中倒出两杯水，"喝吧，这是桂花茶，又叫聪明水，喝了之后你们会更聪明的！"老爷爷轻声地说。

两个小姑娘真的有些渴了，咕嘟咕嘟喝下了桂花茶，抹抹脸上的汗，晶晶和丫丫几乎同时张开了嘴——"别急，我知道你们的小心眼想什么！"老爷爷微微一笑，他看一眼绿孔雀，绿孔雀已经开始开屏，把一只只黑色的圆眼睛露了出来。

老爷爷一指前面，只见不远处的方桌上有一块黑色的石头，他径自走过去，向孩子们招招手。晶晶和丫丫有点紧张地凑了过去，她们面前是一块洗澡盆大小的黑石头，这块石头的形状真的像一只雄鸡，别的就看不出什么古怪之处了。

老爷爷又走到墙边，墙上挂着一幅地图，他指着地图说："孩子们，这地图是咱们中国，你们看中国地图像什么？再看看这块石头像什么？"

晶晶、丫丫和绿孔雀一齐瞪圆了眼睛上下端详，果然这黑石头同地图上的中国一模一样。晶晶和丫丫太小，还没学过地理课，可她们拼命点头，因为她们觉得既然老爷爷这样说一块平常的黑石头，肯定有老爷爷的道理。见多识广的绿孔雀开口了，说道："这真是一种巧合，中国地图石，不，中国石，像公鸡样的中国石，少见，少见！"

可让晶晶和丫丫有些困惑的是：既然连化石鸟都不算鸟石，这块"公鸡石"能算鸟石吗？

老爷爷仿佛猜出了她们的心思，拿起一柄细小的榔头，这榔头的柄是一根长长的竹片，软软的，有着很强的弹性，榔头只有图钉大小。老爷爷拿起这榔头，像熟练的琴手般，开始用小榔头敲击黑石头。

这时，奇迹发生了，凡是小榔头走过的地方，就响起悦耳的、清脆如银的音乐声。叮叮咚咚，有时声音像泉水流过石缝，溅起的水惊醒了一只青蛙的梦，它不高兴地叫了一声，随后又进入了梦乡；有时声音像风掠过空空的树林，响起顽皮的呼哨，有一两声夜鸟的梦呓，小松鼠在窝里咂着嘴，新长出的松针，刺得它痒痒的，于是它的咂嘴声像是浅浅的笑。

晶晶和丫丫还听到露水们渐渐变圆变胖后的呼吸，听到小草叶们和白蘑菇们的窃窃私语，听到河里的小鲤鱼们快活的嘬喋水声，稻田里小螃蟹舞动小钳子的"吧嗒"声；她们听到雾的脚步渐渐地从田野走向村庄的那种小心翼翼，听到一只小羊羔向妈妈撒娇的"咩咩"声，小鸡崽们啄破蛋壳的急促而细弱的"唧唧"声。

当老爷爷的鼻尖上沁出亮晶晶的汗珠时，晶晶和丫丫听到了阳光从远方渐渐射过的"嗖嗖"声。阳光像一万支透明的箭镞，以一种不可抵挡的气势磅礴而来，阳光里有着雄浑嘹亮的钟声，有晶晶和丫丫熟悉得不能再熟悉的《东方红》乐曲。她们情不自禁地为老爷爷的精彩演奏拍起了手，真是太奇妙的石头、太奇妙的演奏！

老爷爷收住小榔头，声音戛然而止。他有些累了，喝了一口桂花茶，慢腾腾地说道："孩子们，这种会唱歌的石头叫灵璧石，是中国的四大名石之一，不过，还不是我让你们找的鸟石。"

"哇，这么好听的石头还不是鸟石？"晶晶和丫丫一齐叫了起来，"那我们可能永远找不到这种神奇的鸟石了。"她们有些沮丧。

老爷爷笑着说道："石头是坚硬的，又是柔软的；石头是沉默的，又是喧闹的。石头冷静又热情，它们可能一辈子不说一句话，说出话来让你一辈子难忘；石头们轻易不唱歌，它们只唱给性格开朗又坚强的人。你们只要认真地去寻找，鸟石就在你们的身边。"

说完这些话，这些在晶晶和丫丫听起来似懂非懂的话，老爷爷立起身，跟绿孔雀说了几句悄悄话。绿孔雀点点头，收拢了开得美丽无比的尾羽，跟女孩子们说道："时间真的不早了，跟老爷爷再见吧。"

桂花的香气又一次浓浓地飘过来，飘过来，这香气有些让人想睡觉，头也有点晕眩，总之，像进入梦境般。晶晶和丫丫骑上了绿孔雀，告别了红房子中的老爷爷，回家了。

八

按照一般的童话故事，晶晶和丫丫应该一睁眼，醒了，然后发现自己躺在小床上，原来做了一个梦。绿孔雀呢，当然也是梦中的人物喽！

可晶晶和丫丫偏偏不爱做这种童话梦，因此她们固执地相信老爷爷讲述的"鸟石"真的存在，就在自己的身边——所以晶晶和丫丫依然在一堆又一堆卵石中寻找着，她们积攒了不少五颜六色、奇形怪状的石头。

后来，大高楼盖起来了，院子里的卵石们悄悄躲进了大高楼，成了高楼的一部分。居民们纷纷搬了进去，几乎每家都在自己的门上装上了一只电子音乐门铃。晶晶和丫丫突然发现：那美妙悦耳的电子门铃声里，有小鸟们嘀呖呖的叫声，欢乐、明快，让人一听就想起森林和树枝，想起哗啦啦唱歌的小河，她们俩才知道，鸟石是有的，真的是这样！只不过它被建筑工人叔叔们砌进了这

幢漂亮的大高楼里，而且还不止一块。不信你听，一家家门口那悦耳的音乐门铃，不正是鸟石在指挥它们唱歌吗？

每一座大楼里，都会有一块会唱歌的鸟石吧？丫丫和晶晶念叨着，突然，耳边又响起了一阵鸟鸣，她们跳起身，去迎接下班回来的妈妈了。

小朋友，鸟石的故事讲完了。如果你喜欢这篇童话，我相信你一定希望拥有一块鸟石，那么就请你到外面走走，注意一下你从来不曾留意过的小石头。如果碰巧你找到两块，不妨把它们贴在耳边摩擦一下，我相信它们一定不会让你失望。告诉你：这就是鸟石，肯定是，没错，我敢保证！

白精灵

　　咪咪静静地坐在藤椅上，猫咪静静地卧在窗台上，小白鼠静静地睡在猫的腿窝里，夕阳静静地望了她们一眼，静静地回家了，一切都是静静的。

一

咪咪不是猫，是一个三年级的小姑娘。

三年级的小姑娘咪咪，长这么大是头一回逛市场。当然，咪咪以前也逛过，不过那是农贸市场，就在楼下的小胡同里，大葱啦，黄瓜啦，西红柿啦，随你买多少。

咪咪觉着农贸市场不算真正的市场。真正的市场就应该是这种：有鸟，扑棱棱乱飞，叽喳喳欢叫的鸟；有狗，支棱耳朵不怀好意的狗；有猫，懒洋洋胖嘟嘟白的黑的花的猫。请注意：每一只都比不上咪咪。这咪咪是小姑娘咪咪的骄傲，也是她的秘密，待一会儿再聊。还有白老鼠、大兔子、小猴子、蟋蟀罐、金鱼缸什么的，没上面这么多活物，光剩下一些傻乎乎的蔬菜，叫什么市场？！

咪咪是乘了地铁来到这一动物市场的。就凭这一点，就知道咪咪不简单。咪咪有钱，奶奶给的压岁钱，不多，一大张，十元。对咪咪来说，这张崭新的钞票用处不大，一直当书签，夹在孙幼军叔叔的一本童话书里。但如果说咪咪把十元钱不当一回事，又太冤枉。咪咪算术学得不错，她还有一个小型电子计算器，经过精确计算，这张花纸头能换一大瓶可口可乐，十根顶棒的双色冰

124

棍儿，再加一瓶酸奶。

这可都是三年级小姑娘最向往的美味食品。

然而咪咪不是馋猫，咪咪要为另一个咪咪（真猫、真正的波斯猫）买一个伙伴。说到这里，咪咪的秘密全泄露了，不过这不要紧，世界上没有永远的秘密。咪咪的咪咪，或者为了小朋友阅读起来方便，我们管这"另一个咪咪"叫"猫咪"，以示区别。它是只大白猫。多大？反正咪咪抱起它时挺吃力，爸爸说有八斤重，并且总想让猫咪参加他们的减肥俱乐部。俱乐部成员全是大胖子，体重八十公斤以上，走路喘得像风箱，猫咪如果进入了减肥俱乐部，一定很伤心。所以咪咪坚决不同意，哪怕让它当荣誉会员也不行，因为猫咪虽然胖，可是很灵活，再说，猫咪不像爸爸，爸爸四十多岁了，猫咪才九个多月。九个月生日的猫咪，分明是小朋友嘛，怎么能减肥呢？笑话。

咪咪是看着猫咪长大的。刚来时，猫咪毛茸茸的，断奶没几天，

"喵喵"叫着要找妈妈,两只颜色不同的眼睛,可怜巴巴地望着人,蓝眼睛里是可怜,黄眼睛里也是可怜,咪咪把它抱在怀里,往手心里倒了一勺热牛奶。猫咪伸出舌头贪婪地舔着,舔得咪咪手心发痒,直想笑。打那以后,咪咪就成了猫咪的妈妈,她的小巴掌也成了猫妈妈的奶头,猫咪离不开咪咪,正像咪咪离不开妈妈。

每天上学之前,咪咪要和猫咪握手再见,同时她从瓶子里拿出一粒酵母片喂给猫咪。猫咪打小就爱吃酵母片,像烟鬼吸烟一样,上瘾。因此每当咪咪端起药瓶子,它就摇头摆尾地跑过来;咪咪再晃一晃瓶子,药片发出"哗啷啷"的声音,猫咪会随着发出兴奋的叫声,下一步是跳上桌子,从桌子跃上咪咪的肩头,然后不动,等待一粒美味的药片。

猫咪吃药片时咬得"咯咯"直响,声音很像咪咪嚼水果糖。咪咪常常为了表示友谊,额外增加一粒,这时的猫咪就会两眼放火,"喵喵"的叫声都显出一种感激、一种理解。

于是,在猫咪的道别声中,我们的咪咪开始了一天的学习。

瞧,我们怎么跑题啦!说到了咪咪喂猫咪药片上去了。咪咪喂猫咪酵母片其实是根本不值得一提的小事一桩,顶大的事是猫咪需要小伙伴,它在家待着太闷,太无聊,也太可怜。每天一大早,爸爸先拎上包走了,紧接着是妈妈和咪咪。妈妈的钥匙一串串的,发出急匆匆的响声;咪咪的红领巾绕在脖子上,上面还沾着点心渣,也是急匆匆的。大伙这么一走,猫咪可怜巴巴地送到大门口,随着"哐"一声撞锁响,猫咪就发出一声令人心痛的"喵呜",像是为大伙送行,又像是为自己的孤独而哭泣。每到这时,

咪咪心里就发紧，小眼珠也胀胀的，有些酸。

你想想，每天这么生离死别的，怎么让人好受呢？

咪咪决心为猫咪找个伴儿，一个四条腿、有尾巴的伴儿。这就是咪咪逛小动物市场的原因。

咪咪东张西望，先是喜欢上一只大白兔，她觉得兔子可爱，又温和，不会欺负猫咪。可是向兔子的主人、一个尖下巴的大叔一问价，他伸出巴掌，又翻了一下，随后就仰起脸抽烟，那神气是看不起咪咪。

咪咪一扭脸走了，大白兔虽然挺可爱，可是它的主人太傲慢，没准会影响兔子的性格，还是别买的好。

旁边的鸟市更热闹，画眉、百灵、八哥、蜡嘴子、珍珠鸟，加上饶舌的虎皮鹦鹉，一齐向咪咪发表意见，它们仿佛认识这小姑娘似的，冲她叫得那个欢。咪咪冲鸟儿们眯眼笑了，她领了鸟儿们的情，但她又有些抱歉。猫有爪子、又有尖利的牙，它脾气再好，在鸟儿们面前也会犯凶的。咪咪是三年级的小学生，这道理她懂。所以漂亮的鸟们拼命讨好咪咪，愿意跟咪咪回家，可是咪咪没停脚，她要对鸟儿们的生命负责。

在市场的东头，一个不起眼的角落里，咪咪看见了一个半大小子，愣愣的，像个乡下孩子，挎着个土筐，土筐上盖着一块纸板，东张西望，像是在等什么人。

咪咪走到乡下孩子跟前，有几分惊奇地望着他。乡下孩子挺挺胸脯，仍把眼光投向咪咪身后，样子还越来越着急。

咪咪忍不住好奇心，凑过去问道："你这筐里是猫吗？"

男孩子一撇嘴："猫，猫算什么？"

"是鸽子？"咪咪觉得这男孩子口气很大，越发动了好奇心。

"说出来吓你一跳！是老鼠。"

"老鼠？就是四害里的老鼠？"咪咪有些不相信，又有点紧张。她挺讨厌老鼠，尤其是看过动画片《邋遢大王历险记》之后，觉得老鼠王国可恶至极，出产一等的大坏蛋！

"不，是米老鼠。"男孩子觉得吓唬咪咪已经够了，又开始逗弄她。

"我才不相信呢，米老鼠在美国迪斯尼乐园，怎么会让你装进这破筐里呢？"咪咪开始反击。

男孩子咬咬下嘴唇，又舔舔上嘴唇，好像嘴唇上有蜂蜜。他显然有些发窘，半晌，他才说出一句话："比米老鼠还好玩的白老鼠，不信你看看。"

说完掀开纸板，让咪咪看。咪咪有几分得意地探过头，一看就乐了。筐里果然是四只小白耗子，白里透红，肉乎乎的；小爪子红得透明，小眼睛也像红宝石般，耳朵一耸一耸，仿佛在听人

们的对话，又好像互相拍电报。它们挤在筐底，"吱吱"地叫着，叫声里充满对陌生世界的恐惧。

不知道为什么，一看见这小白鼠，咪咪陡然想起家里的猫咪来。猫咪刚来时不也是这般可怜吗？

"能卖给我一只吗？"咪咪问。

小男孩瞧了她一眼，有些不相信。

"真的，我有钱。"咪咪掏出那张压岁钱，"我家的猫咪太闷，我想买一只小白鼠回去陪它……"

话没说完，男孩子吼了一声："什么？让老鼠陪猫玩儿？你这傻丫头，哼……"

他委屈大了，再不肯看咪咪。

咪咪不知道说什么才好。她想告诉男孩子，猫咪爱吃奶糖、酵母片，决不会伤害小白鼠的；她还想告诉他，猫咪是好脾气、有教养的波斯猫，两三天剪一次指甲、一星期洗一次澡；她还想说说猫咪寂寞、猫咪孤独，可是这些话全哽在嗓子眼，一星也挤不出来。倒是大滴的眼泪爱凑热闹，眼瞅着就要蹦出来。"哟，瞧这是怎么啦！"一声拐了弯变了调的叫唤，带出一个人来。这是个四十多岁的妇女，手里拎着一杆秤，好像从地里钻出来似的。她冲男孩子招招手，凑在他耳边嘀咕几句，男孩子点点头；她又走到咪咪面前，笑着问："小妹子，想买白老鼠？你可真有眼力，这白老鼠通灵，那可是稀罕物！瞧这红眼珠子没有？晚半晌会变成绿宝石，美大发喽。你再瞅这爪子，这腰身，这尾巴……"

她还想往下编派，男孩子不耐烦了，说："婶儿，您也不嫌累，

我卖给她不就结了。"

咪咪一听，有门儿，赶快递过钱，拿起白鼠就要走。男孩子拦住她，转脸跟中年妇女嘀咕，好像在谈价钱；中年妇女生气了，男孩子好像脾气更大。过一会儿，他梗着脖子走过来，手里捏着一把票子，说道："一只小白鼠七毛钱，找你九块三，点点。"

咪咪一看，更乐了，本来她以为一张钱换一只小白鼠，挺值。没承想居然换回一大把。她兴冲冲接过钱，让小白鼠跟另外三个小伙伴亲了亲，又向男孩子道一声"再见"，鸟一样飞回了家。

咪咪坐在地铁列车上，摸着小白鼠温暖的背部，想着和男孩子的这笔生意，觉得这个市场可逛得太有意思、太棒了。

二

小白鼠卧在咪咪的手窝里，暖乎乎的，它离开喧嚣热闹的集市，很放心也很快活，然而似乎又有些不安，这可以从它惊惶的小眼睛里读出来。

咪咪一路上跟它聊天，恨不得把家里的一切全告诉它。当然，说得最多的是白猫，它未来的伙伴。咪咪说着说着，小白鼠目光里没有了惊惶，渐渐合上了眼皮，小女孩和小动物之间，的确有些心灵感应。

猫咪正大大咧咧地横在窗台上睡觉。猫咪从来不失眠，随时随地能入睡，而且睡眠的质量特别棒！但它能在睡梦中听出咪咪的脚步声，所以咪咪刚踏进家门，猫咪就睁开了两只不同颜色的

大眼睛，懒懒地立起身，腰向上弓了两弓，算是向咪咪致敬，随后又卧了下去。

咪咪觉得这大白猫太不懂礼貌，居然没感觉到她巨大的喜悦和成功，便嘟起了红红的小嘴，呸一声："懒蛋！"

猫咪不理睬她，咪咪急了，索性把小白鼠捧在手心，递过去让它瞧，猫咪还是没睁眼。小白鼠倒真机灵，用小尖鼻子嗅着面前这团白色的庞然大物，兴奋地"吱吱"叫着,硬要往猫咪身上爬。

咪咪决心捉弄一下猫咪这懒蛋，把小白鼠塞进它的肚皮下，小白鼠四爪抓挠着，在长且绒的猫毛上拱抓个不停。这下可引起了猫咪的注意，它终于再次睁开了两只与众不同的眼睛，稍一打量，猫咪乐了，敢情肚皮上有个从没见过的小东西！

猫咪侧过脑袋，饶有兴致地打量着小白鼠；又伸出巨大的爪子，轻轻拨弄着它的小身体。小白鼠似乎在这拨弄里感觉到某种危险，伏下身一动不动了。猫咪有点失望，拿硕大的脑袋凑过去，企图嗅出一种游戏气息。小白鼠被猫胡子戳得痒痒的，发出了鼠类的抗议。猫咪不再嗅它，任小白鼠自由活动；小白鼠开始努力攀登巨大的猫山，抓住猫毛，一下又一下，小尾巴夹得紧紧的，非要翻越眼前这座白色的障碍不可！

猫咪温顺地听凭小白鼠在身上爬来爬去，两只眼睛里，充满快乐的神色。咪咪伸手去捉小白鼠，猫咪第一次向她发出不友好的叫声：声音低沉，像卡在喉咙里。咪咪才不怕呢，一把捏住小白鼠，帮它翻到猫背上；又扶起猫咪，让它跑几步。

猫咪不情愿地被赶下窗台，这是它观察世界最妙的一处所在。不过背负着小白鼠，这任务又使它有些骄傲，有一得必有一失，所以猫咪很文静地跑成一匹大白马。小白鼠骑在猫咪身上，柔软的起伏令它吃惊中又很惬意，小爪子全力按住猫咪背，不让自己滑落。当然，它也不可能滑落，因为旁边是小姑娘咪咪忠心的扶持，加上猫咪超一流的奔驰，小白鼠一时间觉得自己很伟大，像个白马王子。

听到了妈妈的脚步声，咪咪第一个动作是赶快找出一个小纸匣，把小白鼠放进去；纸匣放在书包里，扣紧了上面的扣子。她向猫咪"嘘"了一声："别当叛徒！"

猫咪和小白鼠的见面仪式结束了。

三

咪咪的爸爸是个胖子，胖子的特点是粗心、快乐、能吃能睡，

爸爸也不例外。可是粗心的爸爸觉得女儿这几天变得有些神神鬼鬼，最重要的证据：躲着爸爸。这可不是咪咪的性格。咪咪原来顶爱和爸爸开玩笑，具体点说，顶爱和爸爸的肚皮开玩笑。她经常冷不丁地出现在高大的爸爸面前，伸出小手飞快地拍拍爸爸的肚皮，然后趁爸爸没回过神时，小耗子一样溜走了。

爸爸的肚皮太大，用妈妈的话说："全是啤酒灌的。"因此咪咪偷袭爸爸时，妈妈以一种幸灾乐祸式的赞许态度予以鼓励，弄得爸爸很委屈，觉得在家里受欺负的重要原因，是因为自己是少数，唯一的男人。每当他强调这一点时，咪咪便大声反驳他："不对！不对！还有一个男的，就是猫咪。"

虽然爸爸发牢骚，可他喜欢咪咪的偷袭，爸爸讲究平等和民主，在女儿的玩笑里，他能体味到父亲和女儿之间的最大默契。因此咪咪一旦停止恶作剧，爸爸就敏感地意识到了女儿似乎有心事。

他把自己的怀疑向妻子说了，她一乐，说三年级的小丫头有什么心事？全然不当一回事。妈妈有妈妈的道理，她是女孩子出身，有资格说这些不以为然的话。可是妈妈终归是妈妈，她另一个特点是细心，既然丈夫提出问题，最好还是和咪咪谈谈。

谈话之前先吃西瓜，咪咪吃得飞快，连子都顾不上吐，刚吃完两块就要跑。妈妈叫住咪咪，问："咪咪，作业完成了吗？"

"早完成了。"咪咪扔下一句话，仍然想跑。

"别慌，把作业本拿来，让我看看。"妈妈早瞧出了她的心思。

"作业本放在晶晶家了，我和她一起做的作业。"咪咪不想让妈妈检查。

"你的书包呢？让我看看。"妈妈不愧是妈妈，老练得不得了。

咪咪被逼到死胡同了，她的所有秘密全装在书包里，一交出书包，咪咪的马其诺防线全线崩溃。可是没办法，妈妈太强大，妈妈太厉害，也太不给咪咪留面子了。

三年级的女孩子最要面子，不信你随便去问。

咪咪磨蹭半天，妈妈稳如泰山，书包最终还是拿来了。妈妈打开书包，发现里面有一个小方纸盒，这纸盒还会动弹，发出"吱吱"的叫声。妈妈疑惑地看了一眼女儿，女儿把目光转向爸爸，爸爸一伸手拿过纸盒，刚要打开，咪咪猛一下扑过去，夺过了纸盒，藏在身后。

场上出现僵局！

猫咪仿佛感觉到了什么，绅士般踱过来，伸出舌头舔咪咪的手背，纸盒里的声音更大。猫咪索性立起身，用肥大的爪子拨弄着纸盒，它比爸爸妈妈更好奇！

　　爸爸和妈妈不约而同地伸出手，命令道："把纸盒给我！"咪咪突然一蹲身子，"哗"一下揭开了纸盒，一道白光闪出，很快隐入了另一圈白色的躯体中，不见了。

　　妈妈眼尖，早看出是一只小白鼠，她惊叫一声，赶紧捂住眼睛，她怕见到一幕公开的谋杀，女人毕竟是女人。

　　爸爸还愣愣地寻找那白光的下落呢！等他把目光投到猫咪身上时，发现猫咪的肚皮下凸起一块，再一看才知道是只小白鼠隐在猫腹下，敢情这耗子拿猫当保险公司了。

　　爸爸想走过去捉住小白鼠，猫咪发出不友好的"呜呜"声，还耸起了颈毛，意思是你别多管闲事。两只不同颜色的眼睛里射出威胁的光。小白鼠从猫咪的肚皮下探出尖鼻子，红眼睛一眨一眨，有几分惊慌，更多的是得意：瞧，我的朋友多仗义！

　　妈妈终于挪开了捂住眼睛的手，小心翼翼地瞧了一眼，这一瞧不要紧，她竟合不上眼睛：天底下哪有这么滑稽的事！而且就发生在自己家中，猫给老鼠当保镖！

　　白色的波斯猫，白色的老鼠，和谐友爱地把奇迹展示给大人们。咪咪看到爸爸妈妈这么吃惊，有些替他们害羞：这有什么稀奇的，大惊小怪。

　　咪咪把猫咪和小白鼠搂在一处，仰脸向爸爸妈妈说道："它们俩可好呢，见面第一天就快活得不行。猫咪舔小白鼠，还驮着

它走来走去，当马。"

看爸爸妈妈还是一副大惊小怪的样子，咪咪大声命令道："猫咪走一个！"小白鼠一下子跳到猫咪背上，小爪子抓紧了猫咪长且软的毛；猫咪不费力地站起身，大尾巴摇了两下，仿佛是一种表演信号。随后就在屋里走起来，走了几步，它好像觉得不过瘾，又跳上沙发靠背，从靠背跳到写字台，走上窗台，卧下身子，回过头舔一舔背上的骑士，小白鼠滑下来，倚在白猫的腿窝里，惬意得不行。

这一切进行得有条不紊、驾轻就熟。咪咪拍一下巴掌，从瓶子里倒出两颗酵母片，递到猫咪嘴边，猫咪感激地望了咪咪一眼，闭上眼睛大口大口地吃了起来。"咯嘣咯嘣"的声音，馋得小白鼠蠢蠢欲动，它顺着猫咪的肚皮走到下巴，伸出爪子梳一下猫的胡须，猫咪发出不耐烦的叫声。可是睁眼一瞧，赶紧吐出一片被口水涂得滑溜溜的东西，用舌头递到小白鼠面前。小白鼠嗅了一气，感觉不出美妙的滋味，转身又溜回到猫咪的腿窝。猫咪见朋友不愿意领情，失望地叫了一声，叼起酵母片照旧大嚼，不一会儿，竟快意地打起了呼噜。

爸爸妈妈面对这有趣的一幕，几乎看傻了。爸爸想问咪咪一些事情，妈妈也想了解这一切是怎么发生的，可是他们对望一眼，觉得一切询问都是多余的，就把话全咽了回去。倒是咪咪机灵，抢先向妈妈道歉，说自己不该骗妈妈，作业全在书包里，说着就要往外拿作业本。

妈妈摆摆手，她还没有从先悲后喜的心态中摆脱出来。猫咪

140

和白鼠的友谊让她震惊，又使她感到这世界的不可思议和荒诞，她觉得这白色的精灵上演的故事，是童话故事而不是女儿制造的现实，活生生的现实。

作业，最好先让它靠边待会儿。

爸爸，心宽体胖的爸爸乐得像尊弥勒佛，慌慌张张要骑自行车上街。干吗去？买胶卷，给猫咪和小白鼠合影留念，选几张最棒的照片给报纸寄去，让人们都吃一惊！《我家的奇迹》，对，这组照片的名字就这么叫，平凡的生活里处处可能产生奇迹。爸爸骑车走了，他永远这么快活！

咪咪静静地坐在藤椅上，猫咪静静地卧在窗台上，小白鼠静静地睡在猫的腿窝里，夕阳静静地望了她们一眼，静静地回家了，一切都是静静的。只有妈妈有点不知所措，她担心：女儿玩猫又弄老鼠的，学习成绩会不会下降呢？

妈妈的心，也许永远也静不下来……

我的乡村回忆

　　我们还去铁路上追火车，为田野施肥，也帮助农民们拔草，一系列简单又轻易的农活让我们这些半大孩子快乐地操作着，所以四季青的夏天，滋味无穷。

一、故乡的田野

故乡的田野，其实也可以称为科尔沁的草原。我虽然生活在一座草原的县城里，可是我乡下的亲戚很多。外祖父住在乡下，离城只有三公里，几个姑姑住在更远的乡下，这两处都是我假期经常要去的地方，所以我的乡村记忆往往伴随着表兄、表弟、表姐、表妹的身影。

作为一个农业化的大国，中国人拥有乡村记忆的百分比应该非常高，哪怕你是拥有北京、上海、天津、沈阳等大城市户口的人。如果往上查三代，可能你们身上都有乡村前辈的田野基因，更何况"老三届"一代人。比如我辈，大多有过上山下乡的经历，即便没有上山下乡，像我这样从中学直接入伍的军人，除了军营记忆之外，其实乡村记忆依然很多。因为军营所在地大多都在山乡，同时军营中的伙伴又绝大多数是农家子弟，听他们讲述故乡的生活就补充了我的乡村记忆。

故乡的田野在我的记忆中，夏天是青纱帐，高粱和玉米遮蔽着平坦的草原。故乡还有沙沼地带，这些地带上绝不仅仅是沙漠，有生长扎根很深的甘草。它们把碧绿的叶子放肆地伸在阳光下，很容易被人辨识出来，然后它们会被连根挖起，成为一味不可或缺的有名的药材。此外，这些沙沼上生长着马莲花。马莲的叶子非常结实，几乎可以当作绳子使用；马莲的花开得漂亮，蓝幽幽的，给人一种蓝天上坠落的碎片一样的感觉。

所以，我的乡村记忆是外祖父家的菜园子，是田野上和表弟们捉蝈蝈的快乐嬉闹，还有乡下马车颠簸的道路。在驮干草的马车上舒适地躺着仰望蓝天的感觉，尤其奇特，因为这个场景让我想起契诃夫笔下的《草原》，而马车上的干草垛柔软舒适，在有节奏的摇晃中，有催眠的特殊功能。故乡的马车一般都是胶皮轱辘，跑起来轻快利索。赶马车的人在故乡都叫"车老板子"，也同样利索，甚至有几分彪悍，一根长长的鞭子在手，随着一声脆响"驾"，马车就噔噔噔地跑向前去，在乡间的道路上扬起一片有意味的灰尘。

我十三岁上离开内蒙古草原，后来平均三五年便回归故乡一

次，回归故乡不为别的，只为去我埋在故乡的老奶奶的坟前烧几张纸。老奶奶的坟在一片茂密的树林里，坟上有一人多高的青青的芦苇。从田间小道到老奶奶的坟前要穿过一片同样茂密的、甚至让你感到拥挤的向日葵方阵，向日葵们擎着骄傲的葵花盘，用带刺的叶子阻挠着你的进入，那一刻你觉得梵·高笔下的向日葵都不足以表现故乡老奶奶坟墓前那片巨大的向日葵方阵。金黄色的向日葵、碧绿的芦苇，还有高大的杨树，这都是故乡田野留给我的意象，说印象，当然也可以。

故乡的小河、小水渠、小小的沼泽地都曾留下过我的脚印，一个北方少年在北方的夏天里放肆地撒着欢，或者和小兄弟们一起匍匐在瓜园的垄头里，去窃取甜蜜的西瓜。虽然有被看瓜人当场捕获的危险，但是我们乐此不疲，这一切都是故乡田野给予我的珍贵纪念。

二、贵州的杨柳村

十三岁上，我和全家一起从内蒙古的故乡迁徙到了西南的贵州。在贵州的两年间，我住过三处县城，一处毕节，一处黔西，还有一处都匀。毕节和黔西是我学会游泳的地方，但是和农村没有更多的交织，唯独在都匀，我有幸到了一个小村子，这个小村有个美丽的名字：杨柳村。在那里，我们以中学生的身份进行一个月的助民劳动。

杨柳村傍着一架彩虹般的铁路高桥，小村从而显得更小。杨柳村不富裕，但也不算贫穷。我们散住在农民家里，房东们的客房里、客厅里普遍供奉着"天地君亲师"的牌位，这五个字所包

含的意义，当时在我的眼里，仅只是五个字而已，其实这里边有汉文化的精华和传统所在。

在杨柳村，我学会了插秧，也学会了担粪走过溜滑的田埂，更学会了面对蚂蟥的偷袭、猛击一掌将其震落的绝招。蚂蟥都是水蚂蟥，不同于我后来从军在云南时见到的特别厉害的旱蚂蟥，但是水蚂蟥如一片柳叶般大，一旦被它吸住，血会流淌不止。而杨柳村的稻田里，这种水蚂蟥特别多，它们静静地潜伏在秧田里，等待着一双双赤脚落在水里之后，它们迅速吸附过来，不知不觉地吸去了你的鲜血，伤口还无法止住血，大概它有一种特殊的毒素，是让血液不能及时凝固的原因吧。因此蚂蟥在我看来，它的讨厌、它的无情甚至超过世上所有凶猛的动物，其实它不过是个虫子而已。对付蚂蟥，农民们的绝招是在它吸血的上方猛击一掌把它震落，然而我常常震不落腿上的蚂蟥。此时此刻你须用钢笔里的墨水滴在蚂蟥身上，一滴它的身体顿时变蓝，然后迅速蜷缩在一起，很狼狈地离开了你的腿部，掉在地上。当然对付蚂蟥最好的办法是用一撮盐撒在它的身上，这也会使它很快受到重创。

在与蚂蟥的斗争中，我知道了南方农民种水田的艰辛，在插秧的时候，也感受到了水稻这种植物对南方农村的特殊意义。当然不只是水稻，我们还要和农民一起种苞谷。在种苞谷的时候，那是在山峦上，我和同学们意外地发现了一眼甘泉，这泉水从一丛绿草下汨汨涌出，泻出一串串晶莹的气泡，喝一口，甜丝丝的，好像有人放了糖！这应该是我平生喝到最奇特、最甘美的山泉，现在不知道它被人开发出来没有，那水质肯定不逊于现在所有大

品牌的矿泉水。

我至今不明白这泉水的成分是什么。后来我饮过各地的泉水，无论是崂山矿泉还是虎跑泉，甚至号称"天下第一汤"的昆明温泉，那滋味距杨柳村小山中的泉水，总差着一大截。是啊，也许它仍然寂寞地淌在山野间，"养在深山无人识"，但无论如何，泉水就是泉水，它是大地母亲赠予我们人类的乳汁，滋润着禾苗、小草，也滋养着小鸟、小兽。只要是泉水，就不会被废弃。我相信这一点。

三、从四季青到坨里

我的乡村记忆随着家庭的迁徙从贵州来到了北京。

在北京，我们以中学生的身份又参加过无数次的助民劳动。我记得我们在夏天住过北京四季青公社，同学们住在小学校的教室里，地上铺着炕席，大家把铺盖放上之后，一个班的男生欢乐地在铺上嬉笑打闹，我甚至和一个同学立马摔起跤来，一如快乐的夏游或者秋游。在四季青的日子里，我们一帮男生在傍晚的时候到田野上追逐，有一个男同学跑在前面，但是他突然身体矮下去，只露出一个头颅，我们围过去一看，他不小心踏入了一个表面干涸的粪坑。那一刻苍蝇飞舞，众声喧哗，但毕竟同学情深，我们七手八脚找到工具，让这个倒霉的伙伴从粪坑里脱身，然后在一边用清水狼狈而尽情地冲洗自己。房东是一对老夫妻，对我们呵护有加，我们出去捉青蛙，他们还为我们烹饪，味道好极了。我们还去铁路上追火车，为田野施肥，也帮助农民们拔草，一系列简单又轻易的农活让我们这些半大孩子快乐地操作着，所以四季青的夏天，滋味无穷。

四季青的日子结束之后，秋天了，我记得我们到了北京房山县的坨里。我们住在坨里的村子里，被一座古塔所吸引，同学们经常围着古塔看麻雀飞舞，用手中的弹弓击打这些小生命。也是在坨里，一个调皮的男同学捉住一条小蛇，悄悄放在班主任女老师的饭盒里，女老师打开饭盒，被当场吓得昏倒。顽皮的学生岁月和坨里秋天美丽的景色，以及坨里的柿子树、坨里的红薯、坨里的各种山果混合在一起，形成一种特殊的滋味。

我们主要的工作是收红薯，每天去红薯地里挖红薯，然后把红薯捡到筐里，分头带回村里。我们的主食也是红薯，房东给我们做的红薯花样很多，不光是蒸红薯，还把红薯擦成丝，做成红薯粥，还有红薯干。吃红薯吃到最后，胃里直反酸。改善生活的

时候就是一顿金黄的玉米面窝头，窝头就着老咸菜，我们这帮中学生吃得喷喷香。

所以那一年坨里的秋天给我留下非常深刻的乡村记忆，而且我们是步行从长辛店的火车站走到坨里的村子里，大家背着行李，十几里的路程把我们累得够呛。

大约十年前吧，我学习驾驶汽车的时候，曾在房山的一个汽车部队住过一天。期间，我曾到坨里去寻找那昔日的小山村感觉，但是少年时期的记忆已经被现实涂改得面目全非。坨里的城镇化建设十分彻底，我企图寻找那目标显著的古塔，旁边的乡亲们告诉我，那古塔早已经坍塌了。坍塌的古塔却拥有我矗立鲜明的记忆，我现在能写下怀念坨里秋天的文字，就是一个例证。

四、云南的村寨

从军的时候，我的驻地有一个特殊的名字叫大荒田。"大荒田"三个字肯定是属于乡村记忆的特殊板块，周围的村庄是我们经常出没的地方。其中最重要的一次是我曾经带着一批新兵驻在周围的村庄，一驻就是一个月，我在对新兵进行培训时，和乡村的房东们建立了良好的关系。

当时正是冬日，雨雪霏霏。于是每天晚上好客的房东便燃起一盆炭火，沏得一罐烤茶，同时端来葵花子和花生米，我和我的小新兵们坐在火塘边，有一搭没一搭地烤火、聊天。聊天，云南

叫"吹牛"，这里和北方的意义不一样，丝毫不带贬义。

吹牛的内容很广、很宽，也很泛，因为这些年轻的军人来自地北天南，比如我从北京来，有一个班长家在昆明，还有一个战士来自遥远的哀牢山上的苦聪山寨。所以房东夫妇很高兴，而且他们的两个小儿子更高兴，在他们眼中，我们这一群南腔北调的解放军军人，是最有趣的人。

云南的农民说起话来，却文雅之至。譬如说某一项活动令人玩得痛快、舒坦，它必定用一个词来形容，叫"安逸"。又如火塘上的火不旺，需要重新点火，北方人就说"火着了吗"，而房东则用一个字"燃"，"火燃了"。一个"燃"字，显出了文化素养。此外，"晚上"这个词，房东换以"夜间"；"吃饭""开饭"，他用"请饭"来表达一种特殊的情义，这些云南乡村所带来的中国古文化的熏陶让我感到非常惊讶。

这村子距我的大荒田军营十几公里，沿南盘江而形成一座颇具规模的大村子。房东们的祖先，都是屯垦戍边的军卒，聊起天来，他们都以故乡而自豪，而他们的故乡一律叫做"南京柳树湾高石坎"。我想这应该是明初大规模移民屯垦边疆时一个重要的集散地吧，很像山西洪洞县内的"大槐树"一样。北方洪洞县的"大槐树"是无数北方人故乡的象征，"寻根"一律以此为凭。由此看来，"南京柳树湾高石坎"给予滇中乡村父老的记忆，应该是与"大槐树"属同一类的意象。

当初那些戍边的军卒们驻扎此地时，肯定有一番拓荒之苦的。而后他们娶妻生子，将刀枪换为锄犁，慢慢地竟繁衍出这么多的村寨来，真是始料所不及。房东告诉我说，这四围山上，曾有过莽莽的森林，在他小时候，还知道有豹子出没于村口，蟒蛇盘踞于江岸，还见过豺狗和麂子。

说这话时，正值大雪纷飞，掩住了四周光秃秃的山峦，现在的场景是林木稀疏，昏鸦都很少见了。房东的两个小儿子听着父亲讲述童年的见闻，也觉得新鲜。父亲小时候所见到的这些动物，他们大概只能在动物园见到了吧。

雪一落，春节也追了上来。我们驻在村子里，和农民们度过那古朴的特殊的中国节日。

村中过春节，众多礼俗都一一免去了。但只留下一项，这是北方绝对少见的一项：以绿松毛铺地。

那个时节，不管你到村子里哪一家走访，一步踏入堂屋，必定满眼生绿。脚下是碧绿得发亮的新鲜松毛，就像大城市豪华人家铺上的绿色的地毯，踩上去软软的、滑滑的，略一呼吸，便有松香味儿沁入肺腑，让你精神为之一振。在这绿客厅上走动，给

人一种踏入春天、走进森林的感觉，春的气息包围着你，绿的氛围挟裹着你，使你具体而又切实地感受到"春节"两个字，春天的意蕴。我度过很多很多个春节了，但是只有在这个云南小村寨中领着新兵战友们度过的春节，记忆碧绿中有些许暖意，这可能是一种"踏青"的风俗吧。

云南的村寨很多，我后来走过撒尼山寨，住过苦聪山寨，也到过傣寨、景颇寨，这些少数民族的村庄，有的以硕大的菠萝蜜款待过我，有的用香甜的红荔枝招待过我。还有村寨上的长者们背倚牛头，跟我合影的同时，顺便讲述过古老村寨的历史，这是在著名的佤族翁丁山寨。

云南的少数民族众多，不同民族有不同的风俗，但是他们毫无例外地都属于我乡村记忆的一部分。

五、龙港的乡村

我的乡村记忆中有很多来自带领作家乡村采风的特殊感受，比如在江苏睢宁有一个村叫高党村，这个村子专产甜酱油。乡村建设得很好，旁边竖着大标语："高举红旗跟党走。"这个大标语把"高党"这个村名都镶嵌了进去，由此我感觉到了社会主义新农村在建设过程中对执政党一种深厚的情感。村子建设得很漂亮，而更漂亮的是我在浙江温州龙港市的一次乡村采访。

龙港是中国最年轻的一座城市，原来号称"农民城"，它的

年龄在我采访的时候刚满一周岁。刚满一周岁的龙港市有一系列非常精彩的举动，它有印刷博物馆，有一批著名的乡贤纪念馆，比如著名诗人谢云的故居就在龙港。

龙港在我们到达的时候正好遇上了台风，沿海城市对台风的警戒度是我第一次看到。陪同我们的公务员们都说要昼夜值班，警惕大自然不请自来的暴怒。也就是这次走访龙港，我意外地发现龙港的乡村居然有智能垃圾箱。北京城市里，包括我所居住的小区，都有垃圾分类的标识，垃圾箱一般都分成三类，有的可以回收，有的不可以回收，还有厨余垃圾。但是在龙港，在这海边的乡村，我看到了好多座智能垃圾箱，当你把可以回收的物品投放进去之后，它会给你奖励，奖励有可能是一块肥皂，有可能是一包餐巾纸，还有可能是其他生活用品。这种智能垃圾箱的设置和对投放垃圾人的特殊的物质诱惑，或者说激励也行，使我看到了中国一个另类的、现代化的、与众不同的乡村。

在我的乡村记忆中，这一幕充满现代意义，也可以说是终生难忘。年轻的由农村转变为城市的龙港，到今年也刚刚三岁。三岁的龙港，那昔日的鱼米之乡，那有诸多乡贤故事的富庶的地方，留给我一个非常特别的乡村记忆是寄托在智能垃圾箱上。我觉得

这一个杰出的构想如果从乡村移植到中国的任何大城市，都将为中国的垃圾治理提供一个极具特色的成功范例。这样的乡村不再是破败、颓唐、荒凉，而是充满着现代气息和勃勃生机，也许这样的乡村是中国乃至世界乡村的未来。我希望中国的社会主义农村建设越做越好，城乡差别的沟壑逐渐被现代化的手段填满。因此拥有骄傲的城市户口的人们，比如我和我的亲人们，对乡村、对乡村记忆会有一种特殊的时代跃进，这个跃进寄存在江苏小村高党，也显现在温州龙港的村镇。

所以我说，中国是一个农业大国，每个中国人都有一份难得的乡村记忆，它可能是你童年味蕾的记忆、美食的记忆以及对长辈温馨的怀念，也可能是你青春无悔的岁月的记忆，一如我很多"老三届"朋友们经历过的上山下山，或在云南、东北的建设兵团，或在陕西、海南等天南地北的山村里。乡村的记忆是童年和青春混合的记忆，但是我所讲到的高党和龙港现代化的乡村记忆，我个人认为，是中国复兴蓝图的未来展示。我希望这种现代化的乡村记忆一步一步拓展蔓延开去，因为它甚至可以引领一座城市的管理、一座城市的垃圾处理与现代化的治理模式。

乡村是中国的乡村，城市和乡村之间应该是互补的、互惠的，甚至也是互为师长的。没有中国的乡村，就没有中国的现实和未来，因为中国的乡村代表着民族、历史以及珍贵的土地。

"为什么我的眼里常含泪水？因为我对这土地爱得深沉。"这是大诗人艾青先生的名句，也是我对乡村最大的认同。

图书在版编目（CIP）数据

陀螺 / 高洪波著. -- 北京 : 北京理工大学出版社,
2025. 1.
(课本里的大作家).
ISBN 978-7-5763-4510-0

Ⅰ. I287.5

中国国家版本馆CIP数据核字第20248VWV086号

责任编辑: 申玉琴　　**文案编辑:** 申玉琴　　**策划编辑:** 张艳茹　门淑敏
责任校对: 刘亚男　　**责任印制:** 李志强　　**特约编辑:** 赵一琪　高　雅

出版发行 / 北京理工大学出版社有限责任公司
社　　址 / 北京市丰台区四合庄路 6 号
邮　　编 / 100070
电　　话 /（010）68944451（大众售后服务热线）
　　　　　　（010）68912824（大众售后服务热线）
网　　址 / http://www.bitpress.com.cn

版 印 次 / 2025 年 1 月第 1 版第 1 次印刷
印　　刷 / 雅迪云印（天津）科技有限公司
开　　本 / 710 mm×1000 mm　1/16
印　　张 / 10.5
字　　数 / 102 千字
定　　价 / 34.80 元